*Deseo*™

# Juego seductor

MAUREEN CHILD

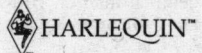

Editado por HARLEQUIN IBÉRICA, S.A.
Núñez de Balboa, 56
28001 Madrid

© 2009 Maureen Child. Todos los derechos reservados.
JUEGO SEDUCTOR, N.º 1714 - 14.4.10
Título original: Conquering King's Heart
Publicada originalmente por Silhouette® Books.

Todos los derechos están reservados incluidos los de reproducción, total o parcial. Esta edición ha sido publicada con permiso de Harlequin Enterprises II BV.
Todos los personajes de este libro son ficticios. Cualquier parecido con alguna persona, viva o muerta, es pura coincidencia.
® Harlequin, Harlequin Deseo y logotipo Harlequin son marcas registradas por Harlequin Books S.A.
® y ™ son marcas registradas por Harlequin Enterprises Limited y sus filiales, utilizadas con licencia. Las marcas que lleven ® están registradas en la Oficina Española de Patentes y Marcas y en otros países.

I.S.B.N.: 978-84-671-7971-2
Depósito legal: B-5399-2010
Editor responsable: Luis Pugni
Preimpresión y fotomecánica: M.T. Color & Diseño, S.L.
C/ Colquide, 6 portal 2 - 3º H. 28230 Las Rozas (Madrid)
Impresión y encuadernación: LITOGRAFÍA ROSÉS, S.A.
C/ Energía, 11. 08850 Gavá (Barcelona)
Fecha impresion para Argentina: 11.10.10
Distribuidor exclusivo para España: LOGISTA
Distribuidor para México: CODIPLYRSA
Distribuidores para Argentina: interior, BERTRAN, S.A.C. Vélez Sársfield, 1950. Cap. Fed./ Buenos Aires y Gran Buenos Aires, VACCARO SÁNCHEZ y Cía, S.A.
Distribuidor para Chile: DISTRIBUIDORA ALFA, S.A.

## *Capítulo Uno*

Jesse King adoraba a las mujeres y ellas lo adoraban a él. Bueno, todas excepto una.

Jesse entró en Bella's Beachwear y se detuvo justo en el umbral de la puerta de la tienda. Observó el local, que tenía un aspecto de cuidada decadencia. Entonces, sacudió la cabeza al considerar la testarudez de las mujeres.

Le resultaba difícil creer que Bella Cruz prefiriera aquel decrépito agujero a lo que él le estaba ofreciendo. Había llegado a Morgan Beach, una pequeña ciudad costera del sur de California, hacía nueve meses. Compró varias de las ruinosas y eclécticas tiendas de la calle principal, reformó algunas, demolió otras y creó la clase de establecimientos y oficinas que conseguiría de verdad atraer a los compradores al centro de la ciudad. Todo el mundo se había mostrado encantado de firmar los contratos. Habían aceptado las ofertas que Jesse les había hecho con alegría apenas contenida y, la mayoría de ellos, le estaban alquilando pequeñas tiendas. Pero no Bella Cruz. Aquella mujer llevaba meses enfrentándose a él.

Había liderado una sentada tras conseguir que varios de sus amigos se plantaran delante de las apisonadoras durante toda una tarde. Había organizado una marcha de protesta por toda la calle principal, marcha que contaba con la participación de la propia Bella, cuatro mujeres, dos niños y un perro con tres patas. Al final, había recurrido a una vigilia a la luz de las velas en recuerdo de los edificios «históricos» de Morgan Beach.

La noche que se produjo la primera gran tormenta del verano, había cinco personas sentadas con velas en las manos frente a las oficinas de Jesse King. A los pocos minutos, estaban todos empapados, con las velas apagadas. Bella fue la única que se quedó de pie en la oscuridad, observándolo con desaprobación mientras él la miraba a ella a través de la ventana de su despacho.

–¿Por qué se está tomando todo esto tan personalmente? –se preguntó. Jesse no había ido a Morgan Beach con la intención de arruinarle deliberadamente la vida a Bella Cruz.

Había acudido allí por las olas.

Cuando los surfistas profesionales dejaban de cabalgar las olas competitivamente, se instalaban donde pudieran estar en contacto con el mar a lo largo de todo el año. La mayoría terminaba en Hawai, pero, como oriundo de California, Jesse se había decidido por Morgan Beach. Toda su familia seguía viviendo aún en el Estado y Morgan estaba lo suficientemente cerca como para seguir en contacto con ellos, aunque lo bastante lejos de sus tres hermanos para no encontrarse con ellos constantemente. Quería mucho a su familia, pero eso no significaba que quisiera vivir justo a su lado. Por ello, había decidido construirse un pequeño reino allí, en aquella pequeña ciudad. Lo único que impedía que todo fuera absolutamente perfecto para él era Bella Cruz.

—El malvado terrateniente viene a gozar de sus posesiones —dijo una voz femenina, prácticamente en un susurro, desde algún lugar cercano.

Jesse se dio la vuelta y vio a la que era el objeto de sus pesadillas. Estaba agachada detrás del mostrador, colocando una vitrina en la que se exhibía una colección de gafas de sol, chanclas y bolsos de playa. Sus oscuros ojos castaños lo observaban con dureza.

—No está usted armada, ¿verdad? —le preguntó Jesse mientras se acercaba lentamente.

Bella se puso de pie y Jesse pudo contemplar el atuendo que llevaba puesto en aquella ocasión.

Medía aproximadamente un metro setenta, lo que estaba muy bien, porque a Jesse le gustaban las mujeres altas, lo suficiente para que no le entrara tortícolis con sólo besarlas. Por supuesto, no estaba pensando en besar a Bella. Se trataba solamente de una observación.

Tenía el cabello negro y ondulado, que le caía hasta media espalda, enormes ojos de color chocolate y una sugerente boca a la que Jesse aún no había visto esbozar una sonrisa. Era muy bonita. A excepción de la ropa.

Cada vez que la veía, parecía que Bella estuviera a punto de posar para la portada de *El dominical de los Amish*, con amplias camisetas de algodón y largas faldas hasta el suelo. Le parecía bastante extraño que una mujer que se ganaba la vida vendiendo y diseñando trajes de baño femeninos tuviera el aspecto de no haberse puesto nunca una de sus propias creaciones.

—¿Qué quiere, señor King?

Jesse sonrió con deliberación, ya que conocía bien

el poder de su sonrisa. Pero parecía que a Bella no la impresionaba en absoluto.

–Quería decir que vamos a empezar a reformar este edificio el mes que viene.

–Reformar –repitió ella frunciendo el ceño–. ¿Se refiere a derribar paredes, levantar los suelos de madera y retirar las antiguas ventanas de plomo?

–¿Qué tiene en contra de los edificios con buen aislamiento y buenos tejados?

Ella cruzó los brazos bajo el pecho y Jesse se distrajo durante un instante. Aparentemente, aquella mujer tenía por lo menos un lugar con buenas curvas.

–Yo no tengo goteras. Robert Towner era un excelente casero.

–Sí. Eso he oído. Repetidamente –suspiró.

–Usted podría aprender muchas cosas de él.

–Pues jamás se molestó en pintarle a usted la fachada de su tienda –replicó Jesse.

–¿Y por qué iba a hacerlo? –preguntó ella–. La pinté yo misma hace tres años.

–¿Me está diciendo que usted eligió pintar la tienda de morado? ¿A propósito?

–Es lavanda.

–Morado.

Bella respiró profundamente y le dedicó una mirada incendiaria. Sin embargo, él estaba hecho de pasta muy dura. Era un King. Y los King no se amilanaban ante nadie.

–Usted no se quedará contento hasta que haya pintado todos los edificios de la calle principal de esta ciudad de beige con los bordes en color óxido, ¿verdad? –dijo ella–. Vamos a terminar vistiéndonos y caminando todos iguales.

–Por Dios, no... –dijo él mirando el atuendo que ella llevaba puesto. Bella se sonrojó levemente.

–Lo que quiero decir es que ya no existe la individualidad en esta ciudad. Morgan Beach solía tener personalidad.

–Y madera podrida.

–Resultaba ecléctico.

–Desastrado.

–Usted no es más que un tiburón de los negocios –lo acusó ella.

Jesse se quedó atónito de que alguien lo describiera de aquella manera. Ésa jamás había sido su intención. Demonios, había hecho todo lo posible para escapar de la trampa en la que, tarde o temprano, parecían caer todos los King. El mundo de los negocios. De hecho, su apellido le había resultado un pesado lastre toda su vida.

Todos los King parecían estar encerrados en despachos. A Jesse no le importaba que dichos despachos fueran lujosos áticos. Él jamás había querido tener nada que ver con ese mundo.

Había sido testigo de cómo sus tres hermanos se dejaban llevar por las preocupaciones del negocio familiar como si hubieran sido diseñados para aquella tarea. Incluso Justice, a pesar de ser dueño de un rancho, era ante todo un hombre de negocios. Sin embargo, él había decidido apartarse de todo aquello. Se había convertido en surfista profesional y había amado con todo su corazón aquella vida. Mientras que sus hermanos y primos iban vestidos con trajes y corbatas y no paraban de tener reuniones, él estaba viajando por todo el mundo, buscando la ola perfecta. Hacía las cosas a su modo. Vivía su vida como deseaba.

Así fue hasta que el fabricante de sus tablas de surf favoritas se fue a la quiebra hacía ya unos años. Jesse le compró la empresa porque quería tener acceso a las tablas que más le gustaban. Hizo lo mismo cuando encontró el traje de neopreno perfecto. Y lo mismo con el bañador ideal. En poco tiempo, había hecho lo que se había prometido siempre que nunca haría: se había convertido en un hombre de negocios, en el presidente de King Beach, una compañía muy grande y diversificada centrada en la vida en la playa. Resultaba irónico que, precisamente lo que más le gustaba, hubiera terminado convirtiéndolo en lo que jamás había querido ser.

–Mire –dijo, apartando de sí aquellos pensamientos–, no tenemos por qué ser enemigos.

–Oh, sí, claro que sí.

Maldita fuera. Era muy testaruda. Durante diez años, había formado parte de la elite de su deporte. Había ganado cientos de competiciones. Había salido en anuncios de revistas y había celebrado fiestas con los famosos más glamurosos. El año anterior había sido nombrado el soltero más sexy de toda California. Tenía dinero, encanto y todas las mujeres que pudiera desear. Entonces, ¿por qué le torturaba el desprecio de Bella Cruz?

Porque ella lo intrigaba... y lo atraía. Algo que, en cierto modo, le resultaba familiar.

Contuvo el aliento. Entonces, apoyó las dos manos sobre el mostrador y la miró a los ojos.

–Se trata tan sólo de paredes y ventanas, señorita Cruz... ¿o puedo llamarla Bella?

–No, no puede. Y le aseguro que no se trata tan sólo de paredes y ventanas –dijo extendiendo los brazos como si estuviera físicamente tratando de abrazar el edificio entero–. Este lugar tiene historia. Toda la ciudad la tenía. Hasta que se presentó usted, claro está.

Bella le dedicó al mismo tiempo una mirada de hielo y fuego. Impresionante. Llevaba meses intentando ganarse a Bella Cruz. Todo habría sido mucho más fácil si ella hubiera accedido a una agradable relación laboral. Ella tenía amigos en Morgan Beach y era una empresaria de éxito. Además, maldita fuera, a las mujeres siempre les gustaba él.

–La historia de la ciudad sigue presente –afirmó Jesse–, junto con los edificios que no se vayan a desmoronar con la más mínima brisa.

–Sí, claro. Usted es un verdadero filántropo.

Jesse se echó a reír.

–Simplemente estoy tratando de dirigir un negocio –respondió. Inmediatamente se sintió horrorizado por las palabras que acababa de pronunciar. ¿Cuándo se había convertido en uno de sus hermanos? ¿O en su padre?

–No. Lo que está usted tratando de hacer es dirigir el mío.

–Créame si le digo que no tengo ningún interés en su empresa.

Mientras respondía, Jesse miró detrás de ella, donde colgaba de la pared uno de los trajes de baño a medida que diseñaba. Su empresa estaba dirigida a los hombres. Sabía perfectamente lo que un cliente estaba buscando, pero no tenía ni idea de lo que buscaban las mujeres y no ampliaría su negocio hasta que lo supiera. Aunque sus socios y sus empleados estaban tratando de convencerlo para que incluyera prendas femeninas entre sus productos, él se resistía. No sabía qué era lo que preferían las mujeres. Bella Cruz podía quedarse con la porción del mercado que correspondía a las mujeres.

–Entonces, ¿qué hace aquí? Aún faltan tres semanas para que tenga que pagarle la renta.

–Qué afectuosa. Qué acogedora –replicó él. Aquella mujer estaba decidida a odiarlo. Se metió las manos en los bolsillos de los pantalones y se dispuso a examinar lo que contenían las estanterías.

–Soy ambas cosas. Pero con mis clientes –le espetó Bella.

–Sí, ya se nota. La tienda está tan llena que casi no puedo andar.

Ella contuvo el aliento con aire digno.

–El verano ha terminado. Ahora las ventas bajan un poco.

–Qué raro. Todo el mundo dice que el negocio le va genial.

–¿Acaso le preocupa la renta que tiene que cobrarme?

–¿Debería preocuparme?

–No –respondió Bella rápidamente–. Tengo una clientela pequeña, pero leal.

–Hmm.

–Es usted imposible.

Al menos, eso fue lo que a Jesse le pareció que ella musitaba. Sonrió. Le agradaba saber que la estaba afectando tanto como ella a él.

Al otro lado, Morgan Beach seguía su curso. Era ya casi mediodía y los surfistas estaban dando el día por terminado. Jesse sabía bien que las mejores olas eran poco después del alba, antes de que hubiera demasiados niños, madres y aspirantes a surfistas con sus pequeñas tablas.

La gente estaba fuera, disfrutando del día, mientras él estaba en una tienda de ropa femenina, hablando con una mujer que bufaba cuando lo veía. Ahogó un suspiro de impaciencia.

Examinó la tienda. De las paredes de color crema colgaban trajes de baño y pósteres enmarcados de algunas de las mejores playas del mundo. Él había cabalgado las olas en la mayoría de ellas. Durante diez años no había salido del agua. Se había dedicado a recoger trofeos, cheques y la atención que le dedicaban las bellas señoritas que seguían el circuito.

En ocasiones, lo echaba de menos. Como en aquel instante.

–Bueno, dado que soy su casero, ¿por qué no tratamos de llevarnos bien?

–Usted sólo es mi casero porque los hijos de Robert Towner le vendieron este edificio cuando él murió. Él me había prometido que no lo harían, ya ve –dijo, con la voz teñida de tristeza–. Me prometió que podría quedarme aquí otros cinco años.

–Eso no constaba en su testamento –le recordó Jesse mientras se volvía para mirarla–. Sus hijos decidieron vender. Eso no es culpa mía.

–Por supuesto que lo es. ¡Les ofreció una pequeña fortuna por este edificio!

–Sí. Fue un buen negocio –replicó él con una sonrisa.

Bella ahogó un suspiro. Jesse King era el dueño del edificio, a pesar de las promesas de Robert.

Robert Towner fue un encantador anciano que había sido como su padre. Tomaban café todas las mañanas y cenaban al menos una vez por semana. Bella lo había visto con más frecuencia que sus hijos y había esperado comprarle el edificio algún día. Desgraciadamente, Robert murió en un accidente de coche hacía ya casi un año y no había hecho disposición alguna para ella en su testamento.

Aproximadamente un mes después de la muerte de Robert, sus hijos le vendieron el edificio a Jesse King. A Bella le preocupaba su futuro desde entonces. Robert le había mantenido el alquiler bajo para que ella pudiera mantener su tienda en un lugar tan privilegiado. Sin embargo, estaba convencida de que Jesse King no iba a hacer lo mismo.

Él estaba realizando «mejoras» por todas partes y no tardaría en subir los alquileres para sufragarlas. Eso significaba que ella tendría que dejar la calle principal de Morgan Beach y perdería al menos un cuarto de su volumen de negocios, dado que muchos de sus clientes eran personas que iban o venían de la playa.

Jesse King lo iba a estropear todo, como había hecho tres años atrás. Él no recordaba nada. Canalla.

Bella necesitaba desesperadamente darle una patada a algo, preferentemente a su nuevo casero. Jesse King esperaba que el mundo girara o se detuviera cuando él lo deseara. El problema era que, la mayoría de las veces, conseguía plenamente sus propósitos.

Él la miró por encima del hombro y sonrió.

–Le resulto muy irritante a nivel personal, ¿verdad? Es decir, hay algo más que el hecho de que yo me haya hecho con todos los locales de la calle principal de esta ciudad, ¿no es así?

Así era. El hecho de que Jesse ni siquiera supiera la razón por la que lo odiaba tanto le resultaba aún más irritante. No podía ser ella quien le recordara lo que, evidentemente, había olvidado.

–¿Qué es lo que quiere, señor King?

Él frunció ligeramente el ceño.

–Bella, nos conocemos desde hace demasiado tiempo como para andarnos con tanta ceremonia.

–No nos conocemos en absoluto –lo corrigió ella.

–Y sé que adoras tu tienda –dijo él, y regresó al mostrador. Y a ella.

¿Por qué tenía que oler tan bien? ¿Por qué tenían que ser sus ojos tan azules como el profundo océano? ¿Y acaso era necesario que se le formaran hoyuelos en las mejillas cuando sonreía?, se preguntó Bella.

–Aquí tienes cosas muy bonitas –comentó él, mirando la vitrina que ella había estado colocando–. Tienes buen ojo para el color. Creo que tú y yo nos parecemos mucho. Mi empresa manufactura trajes de baño. La tuya también.

Bella se echó a reír.

–¿Qué te resulta tan divertido? –preguntó él frunciendo el ceño.

–Oh, nada –respondió mientras apoyaba las manos sobre el cristal de la vitrina–. Simplemente, mis trajes de baño están manufacturados por mujeres locales a partir de tejidos orgánicos y los suyos los cosen niños encorvados sobre sucias mesas de talleres clandestinos.

–Yo no tengo talleres clandestinos –le espetó él.

–¿Está seguro?

–Sí, claro que lo estoy. Y no he venido a esta ciudad para saquear y quemar.

–Ha cambiado el aspecto del centro de esta ciudad en menos de un año.

–Y las ventas al por menor han subido un veintidós por ciento. Sí, claro, deberían fusilarme.

Bella estaba a punto de explotar.

–En esta vida hay algo más que los beneficios.

–Sí. Está el surf. Y el sexo de calidad –replicó él con una sonrisa.

Bella jamás dejaría que supiera lo mucho que la afectaban aquella sonrisa y los encantadores hoyuelos, como tampoco la mención al sexo. A Jesse King no le costaba encontrar mujeres. Había aprendido la lección tres años atrás, cuando ella se convirtió en una de sus admiradoras.

La World Surf se había celebrado en la ciudad y Morgan Beach llevaba una semana de celebraciones. Una noche, Bella estaba en el muelle cuando Jesse King se le acercó. En aquella ocasión, también le había sonreído. Y había flirteado con ella. La besó a la luz de la luna y la llevó al pequeño bar que había al final del muelle. Allí, ambos tomaron demasiadas Margaritas.

Admitía que se había sentido halagada por las atenciones que le dedicó. Era guapo. Famoso. Además, le había parecido que, bajo tanta sofisticación, había un buen chico.

Aquella noche, pasearon por la arena hasta que el muelle y la playa quedaron muy atrás. Entonces, se quedaron de pie frente al océano y observaron la luna llena sobre las olas.

Cuando Jesse la besó, Bella se dejó capturar por la magia del momento y por la delirante sensación de sentirse deseada. Hicieron el amor sobre la arena, con la brisa del mar refrescándoles la piel y el pulso del océano como música de fondo.

Bella creyó alcanzar las estrellas, pero al día siguiente, él se marchó, bajo la dura luz del día. Había querido hablar con él sobre lo ocurrido, pero Jesse se limitó a decirle que se alegraba de verla y pasó a su lado sin decir nada más. Bella se quedó tan sorprendida que no pudo ni gritarle.

Volvió a mirarlo fijamente en el interior de su tienda. Sin poder evitarlo, recordó cada minuto de la noche que pasaron juntos y la humillación que había sentido al día siguiente. Pero ni siquiera eso borró los maravillosos recuerdos que tenía de haber estado entre sus brazos.

No le gustaba saber que una noche con Jesse le había cerrado la puerta con otros hombres, pero mucho menos le agradaba que él siguiera sin recordarla. Pero, ¿por qué iba a hacerlo?

No volvería a caer en el mismo error. Todo el mundo cometía equivocaciones, pero sólo los idiotas tropezaban sobre la misma piedra una y otra vez. Respiró profundamente y dijo:

–Mire, no hay razón para seguir discutiendo. Usted ya ha ganado y yo tengo un negocio del que ocuparme. Por lo tanto, si no ha venido aquí para decirme que se va a deshacer de mí, tengo que volver a mi trabajo.

–¿Deshacerme de ti? ¿Y por qué iba a hacer eso?

–Es el dueño del edificio y yo he intentado librarme de usted desde hace unos meses.

–Sí –dijo él–, pero como ya has señalado, yo he ganado esa batalla. ¿De qué me serviría echarte?

–Entonces, ¿por qué está aquí?

–Para informarte de la próxima reforma de esta tienda.

–Bien. Ya lo sé. Muchas gracias. Adiós.

Jesse volvió a sonreír, lo que le provocó un vuelco en el estómago.

–¿Sabes una cosa? Cuando una mujer no me tiene simpatía, tengo que descubrir por qué.

–Ya le he dicho por qué.

–Hay mucho más de lo que me has dicho –afirmó mirándola fijamente–. Y lo averiguaré.

# *Capítulo Dos*

Jesse no comprendía por qué estaba aún pensando en Bella. Por qué el aroma que emanaba de su cuerpo todavía lo perseguía. Por qué una mujer mal vestida con unos ojos mágicos seguía turbándolo horas más tarde.

–Según nuestros datos, los artículos de playa de las mujeres se venden dos veces más que los de los hombres –dijo Dave.

Jesse interrumpió sus pensamientos y se reclinó sobre la butaca de su escritorio.

–Dave, ya te lo he dicho. No tengo ningún interés en las mujeres... al menos en lo que se refiere a lo que se vende en mis tiendas –añadió con una sonrisa.

–Pues te estás perdiendo un filón –se apresuró a decirle Dave, que era calvo y bajito–. Si pudieras dedicarme un minuto de tu tiempo, podría demostrarte a lo que me refiero.

Dave Michaels era el director de ventas de King Beach y siempre estaba tratando de convencerlo para que pensara en la diversificación. Sin embargo, Jesse tenía una política muy firme: sólo vendía productos que conociera y utilizara personalmente. Como miembro de la familia King, había aprendido muy pronto que el éxito se basaba en adorar lo que uno hace. En conocer el negocio mejor que nadie. A pesar de que sabía que Dave no iba a hacerle cambiar de opinión, sabía también que no se rendiría hasta que hubiera tenido oportunidad de explicarse.

–Está bien, tú dirás –dijo Jesse.

Se puso de pie porque odiaba verse atrapado tras un escritorio. Aunque era una elegante y ligera combinación de cromo y cristal, el mueble siempre le recordaba a su padre, atrincherado tras un enorme escritorio y diciéndoles a sus hijos que se fueran a jugar porque él estaba demasiado ocupado para hacerlo con ellos.

Molesto por esos recuerdos, comenzó a recorrer su despacho. Contempló con gesto ausente las estanterías, repletas de los trofeos que había ganado a lo largo de los años. De las paredes colgaban fotos enmarcadas de él compitiendo, de sus playas favoritas y retratos de su familia. Su tabla de la suerte estaba en un rincón y desde las ventanas que había detrás de su escritorio se dominaba una hermosa vista de la calle principal de la ciudad y del océano a sus espaldas.

Como si necesitara esa unión con el océano que tanto amaba, Jesse se acercó a las ventanas y fijó la mirada en el agua. La luz del sol se reflejaba en el mar e iluminaba a los afortunados que estaban esperando la siguiente ola subidos en sus tablas. Allí era donde él debería estar. Se preguntó cómo había pasado a los despachos, terminando exactamente como su padre.

Sus hermanos seguramente se estaban riendo a carcajadas con sólo pensarlo.

–Aquí en la ciudad hay una tienda con la clase de productos que nosotros deberíamos estar vendiendo –decía Dave.

Jesse casi no lo oía. Estaba dispuesto a hacer el trabajo que se había creado para sí mismo, pero eso no significaba que fuera lo que más le gustara de su vida. Al contrario que el resto de su familia, Jesse se consideraba el polo opuesto a un King. Le gustaba el dinero, pero no vivía para trabajar. El trabajo era sólo eso: trabajo, y le permitía hacer lo que quería. Disfrutar de la vida. Surfear. Salir con hermosas mujeres. No iba a terminar como su padre, un hombre que lo había dedicado todo a la familia King y que jamás había vivido.

–Si quisieras mirar estas fotografías, estoy seguro de que comprenderías que los productos de esa mujer serían un complemento perfecto para King Beach.

–¿Los productos de esa mujer?

–Sé que no quieres añadir artículos femeninos a la línea, pero si quisieras echarles un vistazo...

Jesse lanzó una carcajada.

–No te rindes nunca, ¿verdad, Dave?

–Nunca cuando sé que tengo razón.

–Deberías haber sido un King –de mala gana, tomó las fotografías que le estaba ofreciendo. Cuanto antes terminara de trabajar, antes podría estar bajo la luz del sol–. ¿Qué es lo que estoy viendo aquí? –añadió mientras ojeaba las fotografías en color que Dave le había dado. Bañadores. Biquinis. Vestidos de playa. Todo era muy bonito, pero no comprendía la emoción de Dave.

–Estos trajes de baño –dijo Dave– son cada vez más populares. Están manufacturados con tejidos ecológicos y las mujeres que los compran aseguran que no hay nada igual.

De repente, Jesse tuvo un mal presentimiento.

–El mes pasado, hubo una reseña en la revista del dominical y, por lo que me están contando, sus ventas suben como la espuma.

Oh, sí. El presentimiento se iba haciendo cada vez peor. Estudió las fotos más cuidadosamente y vio que algunos trajes de baño le resultaban familiares. De hecho, había visto algunos colgados de una pared de una destartalada tienda de la calle principal aquella misma mañana.

–¿Estás hablando de una tienda que se llama Bella's Beachwear?

–¡Sí! –exclamó Dave con una sonrisa mientras señalaba una fotografía–. Mi esposa se compró ese biquini rojo cereza la semana pasada. Me ha dicho que es el más cómodo y que mejor le ha sentado de todos los que se ha comprado en su vida. Me preguntó por qué nosotros no ofrecemos este tipo de cosas.

–Me alegro mucho de que tu mujer esté contenta con sus compras.

–No se trata sólo de mi mujer –lo interrumpió Dave con los ojos brillándole de entusiasmo–. Desde que trasladamos el negocio a Morgan Beach, de lo único que he oído hablar ha sido de Bella Cruz. Sé que hay mujeres que vienen aquí desde muy lejos para comprar sus trajes de baño. Uno de nuestros chicos de contabilidad hizo una proyección. Si uniéramos nuestra línea a la suya, el negocio de esa mujer subiría como la espuma. Por supuesto, no hay ni siquiera que decir lo mucho que su línea influiría en las ventas de King Beach.

Jesse sacudió la cabeza. Aunque apreciaba la importancia de los márgenes de beneficio más altos, tenía su propio plan para su negocio. Cuando decidiera acometer las prendas femeninas, lo haría a su modo.

–Bella Cruz se ha hecho cargo de una parte del negocio que nunca antes se había tocado. La hemos investigado un poco y ha tenido ofertas de otras empresas muy importantes para absorber su negocio, pero ella los ha rechazado a todos.

Jesse se sintió intrigado. Se apoyó sobre su escritorio y cruzó los brazos bajo el pecho.

—Explícate.

—La mayoría de los trajes de baño de este país y, en realidad, de todo el mundo, están diseñados y creados para la llamada mujer «ideal». Una mujer delgada.

Jesse sonrió. Mujeres delgadas con biquinis. ¿Cómo no iba a sonreír? Aunque, en realidad, él prefería que sus mujeres tuvieran un poco más de carne.

Como si pudiera leerle el pensamiento a Jesse, Dave dijo:

—La mayoría de las mujeres de Estados Unidos no encajan con ese estereotipo. Afortunadamente, tienen curvas. Comen algo más que una hoja de lechuga. Y gracias a la mayoría de los diseñadores, sus necesidades se ignoran completamente.

—¿Sabes una cosa, Dave? A mí me gustan las mujeres con curvas como al que más —dijo Jesse—, pero no todas las mujeres deberían llevar biquini. Si Bella quiere vender a las mujeres que probablemente ni siquiera deberían ponerse biquini, que lo haga. No es para nosotros.

Dave sonrió. Entonces, se metió la mano en el bolsillo para sacarse otra fotografía.

—Me había imaginado que ésa sería tu reacción. Por eso, he venido preparado. Mira esto.

Jesse tomó la fotografía y frunció el ceño.

—Pero si ésta es tu esposa.

—Sí. Normalmente, Connie prohíbe las cámaras de fotos cuando vamos a nadar. Desde que se compró ese biquini, no hace más que posar.

Jesse entendía por qué. Connie Michaels había

dado a luz a tres hijos en seis años. No estaba delgada, pero tampoco gorda y, con ese biquini, tenía un aspecto fantástico.

–Está muy guapa –musitó.

Inmediatamente, Dave le quitó la foto de la mano.

–Sí. Eso creo yo. Lo que en realidad quería decir es que si los trajes de baño de Bella le sientan tan bien a una mujer de tamaño normal, a las delgadas le sentarán también estupendamente. Te aseguro que esto es algo en lo que deberías pensar.

–Bien. Lo pensaré –respondió Jesse, más que nada para que Dave dejara de hablar del tema.

–Sus ventas no hacen más que crecer y creo que esa mujer sería un miembro muy valioso de nuestra empresa.

Jesse recordó el gesto que se había dibujado en el rostro de Bella aquella mañana durante su conversación. Sí. Ya había rechazado ofertas de otras empresas. Se imaginaba lo contenta que se podría cuando él se ofreciera a comprarle su negocio. Diablos. Probablemente sería capaz de atropellarlo con el coche. No iba a ser necesario.

–Nosotros no vendemos prendas femeninas.

–Se dice que Pipeline está empezando a tantearla.

–¿Pipeline? –repitió Jesse. Era su mayor competidor. Nick Acona era el dueño, y entre Jesse y él siempre había existido una tremenda rivalidad. Si Nick estaba interesado en Bella… Eso bastaba para que Jesse también se sintiera interesado.

–Él dice que el modo de incrementar las ventas es a través de las mujeres –le dijo Dave.

Jesse lo miró atentamente. Sabía lo que Dave estaba tramando. Y estaba funcionando.

–Lo consideraré.
–Pero...
–Dave, ¿te gusta tu trabajo?
Dave sonrió. Había escuchado antes esa amenaza y no le daba mucho crédito.
–Claro que sí.
–Bien. Pues sigamos así.
–Está bien –replicó Dave. Comenzó a recoger sus fotos y sus notas. Entonces, se dirigió hacia la puerta–, pero me has dicho que lo iba a pensar.
–Y lo haré.

La verdad era que sabía que debería acometer las prendas femeninas. Simplemente, no había encontrado nada en lo que creyera. Hasta aquel momento. El desafío sería convencer a Bella para que se uniera a ellos antes de que Pipeline le echara el anzuelo.

Cuando Dave se marchó, algo le llamó la atención. Se inclinó para recoger algo del suelo y vio que se trataba de una fotografía que debía de habérsele caído. Era de un biquini verde mar, con finas cintas en el sujetador y anillos plateados en las caderas. Sin poder evitarlo, trató de imaginarse a Bella con él, pero no pudo conseguirlo y eso le resultaba muy irritante. Siempre iba con ropa con la que tratara deliberadamente de ocultar su figura.

Sonrió y dejó la fotografía en el escritorio. Entonces, se dio la vuelta y se puso a mirar por la ventana para observar la tienda de Bella. Parecía imposible dejar de pensar en ella. No hacía más que recordar el brillo acerado de sus ojos, como si estuviera dispuesta a entrar en batalla. Aunque fuera vestida como una refugiada, había algo en ella que...

No. Bella Cruz no le interesaba en absoluto. Sin

embargo, sí le interesaba cierta mujer de Morgan Beach. La que estaba buscando. Su mujer misteriosa.

Miró fijamente el mar y pensó en una noche de tres años atrás. No recordaba mucho sobre esa noche ni sobre ella. Aquel día, había ganado una competición muy importante y llevaba todo el día de celebración. Entonces, se encontró con ella. Un poco más de celebración y, por fin, sexo en la playa. Una experiencia sexual completamente sorprendente. Arrebatadora.

No había podido olvidar nunca a aquella mujer. No podía recordar su rostro, pero conocía el fuego de sus caricias. No recordaba el sonido de su voz, pero sí el sabor de sus labios.

Había sido algo más que las olas lo que lo había llevado a Morgan Beach. Su mujer misteriosa seguía allí. Al menos, eso esperaba. Existía la posibilidad de que sólo hubiera estado en Morgan Beach para la competición, pero le gustaba pensar que ella vivía allí. Que, tarde o temprano, volvería a encontrarse con ella y, cuando la tuviera entre sus brazos, no la dejaría escapar.

Afortunadamente, su teléfono comenzó a sonar, silenciando así sus pensamientos.

–King.

–Jesse, soy Tom Harold. Sólo te llamo para comprobar lo de la sesión de fotos que tenemos programada para mañana.

–Claro. Está todo organizado, Tom. Los modelos llegarán a primera hora de la mañana. La sesión será en la playa. El alcalde nos ha dado permiso para acordonar una parte.

–Perfecto. Ahí estaré.

Jesse colgó el teléfono. Se sentó y decidió apartar de su pensamiento todo lo referente a Bella Cruz. Tenía mucho trabajo, el único modo de evitar que los pensamientos se le desbocaran.

–Por el amor de Dios, Bella –le dijo Kevin Walters aquella noche, durante la cena–. ¿Quieres que te deje sin local?

Kevin era el mejor amigo de Bella. Se conocían desde hacía cinco años, desde que ella se mudó a Morgan Beach y comenzó a vivir de alquiler en una vivienda que Kevin tenía. Podía hablar con él como lo haría con cualquier mujer y Kevin normalmente estaba dispuesto a darle el punto de vista masculino que ella tanto necesitaba. Sin embargo, aquella noche, Bella prefería que él viera las cosas desde su perspectiva.

–No –respondió. Aún le quedaban dos meses para que finalizara su contrato de alquiler y, si Jesse la echaba, tendría que vender sus trajes de baño desde casa. No creía que a Kevin le gustara esa solución, lo que suponía otra razón más para estar furiosa con Jesse King–. Ya sabes que si sigo un par de años más donde estoy ahora, podría comprarte la casa.

–Te he ofrecido un trato.

–Ya sabes que no quiero tratos de favor, Kevin. Quiero hacer esto yo sola.

–Sí, ya lo sé.

–Te agradezco mucho que quieras ayudarme a comprar mi casa, Kevin, pero no sería realmente mía si no lo hiciera yo sola –añadió, para no disgustar a su amigo.

–Claro. Como esa camisa que llevas puesta –afirmó él, señalando la camisa de muselina amarilla que ella llevaba con su mejor falda negra–. ¿Es tuya? ¿La has cosido tú?

–No...
–¿Las casas y las camisas son diferentes?
–Bueno, sí...
–De acuerdo. Bien –dijo Kevin con un suspiro–. Quieres comprar la casa y si enfureces lo suficiente a King, él finiquitará tu alquiler y así no tendrás casa alguna. ¿Por qué sigues fastidiándole?

Bella pinchó la lasaña con el tenedor. Luego lo soltó y lo dejó en el plato. Entonces, se cruzó de brazos y miró a Kevin a los ojos.

–Porque ni siquiera se acuerda de mí. Es humillante.

Bella se lo había confesado todo a su amigo una noche, durante un maratón de películas. Kevin le había dicho inmediatamente que le debería haber recordado a Jesse quién era.

Kevin se encogió de hombros y siguió comiendo.
–Díselo.
–¿Decírselo? –le preguntó Bella con incredulidad–. ¿Sabes una cosa? Tal vez me habría ido mejor teniendo por amiga a una chica. No tendría que explicarle a otra mujer por qué el hecho de decirle a Jesse que nos hemos acostado juntos es una mala idea.

Kevin sonrió.
–Sí, pero una chica no vendría a tu casa a las diez de la noche para desatascarte la ducha.
–En eso tienes razón, pero, en lo que se refiere a Jesse, no comprendes nada.
–Las mujeres siempre hacen que todo sea más complicado de lo que es en realidad –musitó sacudiendo la cabeza–. Ésta es la razón por la que existe la batalla de sexos, ¿sabes? Porque vosotras siempre estáis en el campo de batalla listas para la guerra

mientras los hombres nos mantenemos al margen preguntándonos por qué estáis enfadadas.

Bella se echó a reír ante aquel ejemplo, lo que no consiguió apaciguar en absoluto a Kevin.

–A ver si lo adivino –dijo Kevin con un suspiro de agotamiento–. Esto es uno de esos casos en los que las mujeres pensáis que si un hombre no sabe por qué estáis enfadadas vosotras no se lo vais a decir, ¿me equivoco?

–Sí. Así es. Él debería saberlo. Por el amor de Dios, ¿acaso lo siguen tantas mujeres que, al final, todas se funden en una? –replicó ella mientras tomaba su copa de vino.

–Bella, cielo. Sabes que te quiero mucho, pero de lo que me estás hablando es tan femenino... No tiene nada que ver con el mundo de los hombres.

Kevin tenía razón y ella lo sabía. En el tema del sexo, los hombres y las mujeres pensaban de un modo totalmente diferente. Aunque ella hubiera bebido demasiadas Margaritas aquella noche, había decidido conscientemente acostarse con Jesse. Y no lo había hecho porque fuera rico, famoso o muy guapo. Lo había hecho porque habían estado hablando y había sentido un vínculo especial. Desgraciadamente, tal y como había comprendido al día siguiente, Jesse sólo se había acostado con ella porque había dado la casualidad de que estaba allí, dispuesta.

–Si buscabas algo más que una noche, se lo tendrías que haber dicho al día siguiente –le dijo Kevin–. Deberías haberle hecho recordar. Pero no. En vez de eso, decidiste comportarte de un modo totalmente femenino y dejarle a dos velas.

–Yo no le dejé a dos velas.

Por enésima vez, Bella recordó la conversación

que tuvo con Jesse King aquella mañana. Él la miró y no recordó que se había acostado con ella. Había estado con tantas mujeres a lo largo de su vida que ella había pasado a ser una más.

–Mira, sé que ese tipo no te cae bien, pero ahora está aquí y no se va a marchar –dijo Kevin mientras tomaba un bocado de su comida–. Ha trasladado su empresa aquí y ha abierto su tienda más importante aquí, en Morgan Beach. Jesse King ha venido para quedarse, te guste o no.

–Lo sé...

–Entonces, si vas a vivir en la misma ciudad que él, debes contárselo. Si no, te vas a volver loca.

–¿Sabes una cosa? Te aseguro que no estaba buscando lógica alguna en esta conversación. Sólo quería disfrutar poniéndolo verde y desahogándome.

–Ah. En ese caso, desahógate. Te escucho.

–Claro, pero no vas a estar de acuerdo –dijo ella sonriendo.

–No, claro que no. Siento mucho que lo odies, pero a mí me parece un tipo bastante decente.

–Eso es porque te ha comprado un collar de oro y esmeraldas –le dijo Bella. La tienda de Kevin vendía los trabajos de artistas y diseñadores de joyas locales. Siempre se ponía muy contento cuando hacía una venta importante.

Kevin sonrió.

–Sí, tengo que admitir que un hombre que se gasta unos cuantos miles de dólares en un collar sin pestañear es la clase de cliente que más me gusta.

–De acuerdo, eres feliz. La ciudad es feliz –comentó ella sin dejar de remover la comida en el plato–. He escrito una carta al periódico local.

–Oh, oh. ¿Qué clase de carta?

Bella bajó los ojos. Se arrepentía de lo que había hecho, pero ya era demasiado tarde.

–Habla sobre las grandes empresas que arruinan la vida de las pequeñas ciudades.

Kevin soltó una carcajada.

–Bella…

–Seguramente, ni la publicarán.

–Claro que la publicarán. Y supongo que Jesse King te hará otra visita… ¿o de eso se trata todo esto? Quieres que vaya a verte, ¿verdad?

–No, claro que no.

Deseó que Kevin fuera menos observador. La verdad era que, cada vez que Jesse King entraba por su puerta, sentía algo sorprendente. No era culpa suya que sus hormonas reaccionaran así cuando él estaba en la misma habitación.

Estaba decidida a hacerle la vida imposible precisamente por el hecho de que la afectara de esa manera. Seguramente debería dejar de enfrentarse a él, pero le resultaba imposible hacerlo.

Se había opuesto con todas sus fuerzas a que Jesse se convirtiera en el dueño y señor de Morgan Beach. Había perdido. Él se había instalado allí, había empezado a comprar locales y, en poco tiempo, había estropeado el único lugar al que ella había considerado su hogar.

Bella era hija única. Perdió a sus padres cuando tenía siete años y comenzó un largo peregrinar por hogares de acogida agradables pero impersonales. Cuando cumplió los dieciocho años, empezó una vida en solitario. No le importó, aunque siempre deseó formar parte de una familia.

Consiguió estudiar en la universidad haciendo ropa a las chicas que no tenían que preocuparse por ahorrar cada centavo. Cuando se tomó las primeras vacaciones de su vida, se encontró con Morgan Beach y ya nunca se marchó de allí.

Llevaba cinco años en aquel lugar y le encantaba. La pequeña ciudad costera era todo lo que siempre había deseado. Pequeña, agradable y lo bastante cercana de poblaciones más grandes a las que podía acudir cuando lo necesitara. Además, allí el sentimiento de comunidad era tan fuerte que encontró la familia que siempre había buscado. Allí, la gente se preocupaba por el prójimo.

En aquellos momentos, con Jesse King allí, su adorada ciudad le resultaba claustrofóbica.

–Eso intenta vendérselo a otro, Bella –dijo Kevin riéndose a carcajadas–. Cada vez que pronuncias su nombre, los ojos se te iluminan.

–Eso no es cierto –replicó ella. ¿Y si Kevin tenía razón? Qué vergüenza.

–Claro que lo es y te lo demostraré. Mira por la ventana.

Bella giró la cabeza y miró a través de la ventana del restaurante. Justo en aquel momento, Jesse King pasaba por allí. Los vaqueros, demasiado usados, se le ceñían a las largas piernas. La camisa blanca que llevaba le acentuaba aún más su bronceado.

Bella suspiró.

–Te he pillado –dijo Kevin.

–Eres malvado –replicó ella. Sin embargo, no pudo apartar la mirada del hombre que seguía ocupando demasiado tiempo sus pensamientos.

# *Capítulo Tres*

A la mañana siguiente, Bella se había convencido de que Kevin tenía razón. Tendría que tragarse el orgullo y hablar con Jesse, decirle lo que pensaba de un hombre que le hacía el amor a una mujer y olvidaba su existencia a la mañana siguiente. Así se olvidaría de él.

Se detuvo un instante delante de su tienda y sonrió. Ni siquiera Jesse King podía aplastar la emoción que experimentaba todos los días cuando entraba en el mundo que había construido con su propio talento. Sin embargo, aunque disfrutaba de su tienda, cuando Jesse hubiera terminado la reforma, el local perdería todo su carácter. Arreglarían el chirrido que hacía la puerta al abrirse. Alisarían las paredes, pondrían moqueta y cubrirían la brillante madera. Bella's Beachwear sobreviviría, pero no sería lo mismo. En lo que se refería a los negocios, Jesse King tenía la misma intuición como con las mujeres. Para él, todo se reducía a los beneficios.

Notó que en la playa había comenzado a reunirse una pequeña multitud de gente. Se volvió para fijarse mejor y vio que había un montón de cámaras, enormes focos y ventiladores eléctricos sobre la arena. En medio de aquel revuelo estaba Jesse King.

Muy a su pesar, sintió curiosidad. Cruzó la calle y

se subió a la acera. Unos guapísimos modelos, ataviados con las prendas de King Beach, estaban colocados alrededor de unas tablas de surf, tumbados boca abajo sobre la arena. A pesar de todo, lo que más le llamó la atención fueron las modelos que formaban parte de la escena en un segundo plano.

–Sinceramente, cualquiera diría que se podría interesar un poco más por lo que se ponen las mujeres.

–¿Por qué no me sorprende que tengas algo que decir?

Bella giró la cabeza y se encontró con los ojos de Jesse, que reflejaban una expresión divertida y socarrona.

–Tú dirás –dijo él, con una sonrisa en los labios y los brazos cruzados sobre el pecho. Entonces, miró la escena que el fotógrafo estaba inmortalizando–. ¿Qué es lo que no te gusta sobre todo esto?

Bella se mordió el labio inferior. No era asunto suyo y no debería importarle en absoluto, pero…Volvió a mirar a las guapas y delgadas modelos que llevaban bañadores corrientes y no pudo soportarlo.

–Si se ha tomado tantas molestias en hacer una campaña publicitaria tan ambiciosa, ¿por qué no le preocupa que las modelos salgan maravillosas en las fotos?

–Están maravillosas.

–¿Por qué me molesto? –musitó ella sacudiendo la cabeza–. Mire la rubia que está en la parte trasera.

Jesse la miró y sonrió. Bella no le hizo ningún caso.

–El traje de baño no le sienta bien. Le está demasiado ceñido en las caderas y demasiado amplio en el busto.

–Pues a mí me parece que está bien –declaró él.

Bella se apartó un mechón de cabello del rostro y señaló a una morena que estaba hablando con uno de los modelos.

–¿Y qué me dice de ella? Ese biquini está mal cortado y la tela es demasiado brillante. ¿Qué ha hecho? ¿Ir a unos grandes almacenes y comprar trajes de baño de saldo?

Jesse frunció el ceño.

–A mí me parece que están bien. Además, esta sesión de fotos no es para las mujeres. Se trata de King Beachwear. Vendemos trajes de baño para hombres. Las chicas son sólo el fondo.

–¿Y tienen que ser un fondo mal vestido?

–Tenemos un contrato. Estamos dando a unos grandes almacenes...

–¡Ah! –exclamó ella. Estaba encantada de no haberse equivocado cuando dijo dónde creía que Jesse había comprado los trajes de baño.

–Esos grandes almacenes salen en los agradecimientos de la fotografía –afirmó él.

–Bien. Utilice uno o dos, pero si quiere que este anuncio sea atractivo, todos los modelos que aparecen en la foto deberían resultar llamativos.

–¿Y eso significa...?

Bella se dijo que no se debería haber implicado. Después de todo, ¿qué le importaba si el anuncio no estaba tan bien como debería? Sin embargo...

Volvió a mirar los trajes de baño que llevaban las modelos. Su instinto como diseñadora no pudo soportarlo. Además, Jesse King resultaba tan arrogante que ella quería...

–Significa que las mujeres son las que van a las

tiendas a comprar, señor King. Si tuviera algo de sentido común, lo sabría. Esos trajes de baño que llevan sus modelos son tan genéricos que deberían llevar la etiqueta de *Talla única*. Mis trajes de baño están hechos para ensalzar la figura de la mujer. De todas las mujeres.

Jesse sonrió. La miró de arriba abajo y la desafió con la mirada.

–¿Incluso la tuya?

Bella se sintió insultada. Levantó la barbilla y le dedicó una mirada de desaprobación. Sabía que estaba siendo manipulada, pero, en ese momento, no le importaba. Estaba tan convencida de que tenía la razón que se moría de ganas por demostrarle lo equivocado que estaba. El mejor modo de hacerlo era demostrarle exactamente lo que quería decir.

–Volveré enseguida –anunció.

Se dirigió a las modelos y habló con ellas brevemente. Hizo que le dijeran sus tallas y cruzó rápidamente la calle para entrar en su tienda. Sólo tardó unos minutos en salir. En los brazos, llevaba algunos de sus trajes de baño.

–¿Qué te crees que estás haciendo? –le preguntó Jesse mientras ella empujaba a las modelos a una de las caravanas.

–Estás a punto de descubrirlo.

No dijo nada más. Se limitó a cerrar la puerta.

Los minutos fueron pasando. Jesse no hacía más que fruncir el ceño. No estaba seguro de por qué dejaba que Bella se saliera con la suya.

–Jesse, ¿cuánto tiempo…?

Se volvió a mirar a Tom, el fotógrafo, y luego hizo lo propio con su reloj.

–Vamos a darle unos minutos más, Tom. En cuanto admita que se ha equivocado por meter la nariz donde no la llaman, volveremos a iniciar la sesión.

–Por mi parte, estupendo –respondió Tom–, pero sólo nos dejan utilizar la playa por la mañana.

–Tienes razón –dijo Jesse. El permiso se terminaba a mediodía. Se acercó a la caravana y llamó a la puerta–. Bella, no tenemos más tiempo. Hay que terminar la sesión.

La puerta de la caravana se abrió y las modelos salieron. Iban muy sonrientes. Jesse las miró a todas cuando pasaron a su lado. Hasta la más delgada parecía tener una bonita figura. La tela se le ceñía al cuerpo y hacía destacar sus curvas. No quería admitirlo, pero Bella tenía razón.

Tom dejó escapar un silbido e inmediatamente comenzó a colocar a las modelos para la sesión. Jesse observaba atentamente y no dejaba de sacudir la cabeza. Estaba sorprendido por la transformación.

¿Dónde diablos estaba Bella? Subió los escalones de la caravana y se asomó al interior.

–¿Te has arrepentido, Bella? Vamos, deja que te veamos con uno de esos trajes de baño de los que te sientes tan orgullosa...

–Date la vuelta.

La voz de Bella venía desde detrás de él. Jesse no podía entender cómo había logrado pasar a su lado sin que se fijara en ella. Cuando se dio la vuelta y la vio, lo comprendió todo.

No podría haber estado más equivocado.

–¿Bella?

La miró de la cabeza a los pies una vez y no pudo evitar volver a mirarla, haciéndolo en aquella ocasión con más detenimiento. Aquella mujer tenía curvas suficientes para volver loco a un hombre.

—Vaya —dijo, caminando en círculo a su alrededor—. Resultas...

Había estado a punto de decir «familiar», pero no podía entender por qué. Por lo tanto, sustituyó aquella palabra por «sorprendente».

El biquini que llevaba tenía un color rojo intenso y se le aferraba a las curvas como si fuera las manos de un amante. Tenía los pechos altos, abundantes, una cintura estrecha, caderas redondeadas y, justo por encima del trasero, un pequeño sol tatuado. Su piel era suave, del color de la miel derretida. Su largo y espeso cabello le caía por la espalda y se meneaba con cada uno de sus movimientos. Los enormes ojos de color chocolate lo observaban con satisfacción.

—Gracias —replicó ella, tras colocarse las manos sobre las caderas—. Bueno, creo que he demostrado lo que quería decir.

—¿Y qué era lo que querías decir?

—Que el traje de baño adecuado marca diferencias.

—Guapa, con un cuerpo como ése, podrías ponerte uno de mis trajes de baño y estar maravillosa.

Bella sacudió la cabeza. Jesse se quedó maravillado con el modo en el que el cabello le bailaba. Sintió una repentina tensión en el cuerpo. La necesidad se despertó en él como una bestia clamorosa. Ansiaba tomarla entre sus brazos, estrecharla contra su cuerpo, besarla hasta que ella no pudiera hablar y luego encontrar la superficie plana más cercana, tumbarla y hundirse en ella.

Sin embargo, a juzgar por el fuego que ardía en

los ojos de Bella en aquel momento, esa pequeña fantasía no iba a producirse en un futuro muy cercano.

–Eres increíble –dijo ella suavemente.

–¿Y qué se supone que significa eso?

–He vestido a tus modelos, y a mí misma, para demostrarte que tenía razón. Que tu modo de hacer las cosas no es el único. Que mi manera es mejor.

–No será tu manera de ganarte la vida.

–¿Y quién dice que a mí me interesa eso? –preguntó Bella.

–Eres una mujer de negocios. ¿Por qué no deseas tener éxito?

–El éxito no tiene que ser a tu manera.

–Mi manera no es mala. El hecho de contratar a los fabricantes amplía el negocio, te permite alcanzar más clientes y…

–También te aleja de ellos –lo interrumpió ella–. Una empresa se hace tan grande que uno se olvida de por qué empezó su negocio, pero eso no le importa a un King, ¿verdad? –añadió. Se acercó a él y le hundió un dedo en el pecho–. Toda tu familia… sois como señores de la guerra. Llegáis a un lugar, compráis lo que queréis y jamás lo consideráis de otro modo que no sea el vuestro.

–Eh, un momento –replicó Jesse. Le agarró el dedo. Al sentir la calidez que emanaba de él, todos sus pensamientos se hicieron pedazos.

Recordó haberse sentido así en una ocasión al sentir el tacto de la piel de una mujer. Recordó cómo esa piel se deslizaba contra la suya, el calor de su unión, el sabor de su boca. Por un segundo, miró a Bella fijamente, pero inmediatamente se negó a creer que Bella Cruz fuera su mujer misteriosa.

−¿Qué estás haciendo? −preguntó ella, tratando de soltarse−. ¿Por qué me miras de ese modo?

−Ni hablar −murmuró él, más para sí mismo que para ella. No podía ser. Era imposible que su mujer misteriosa fuera la misma que se había convertido en una pesadilla desde el primer día.

−¿Qué dices? −dijo ella. En aquella ocasión, logró soltarse. Dio un paso atrás y entró en la caravana para recoger sus cosas−. Mira, yo... tengo que irme a mi tienda. Ya he pasado demasiado tiempo aquí y...

−Un momento −susurró él.

Se acercó a Bella y dejó que la puerta de la caravana se cerrara a sus espaldas. El interior estaba lleno de sombras. La luz del sol se filtraba a través de las lamas de las persianas. Desde el exterior, se filtraba el sonido de los gritos y las risas de la multitud que se había reunido para observar la sesión de fotografía.

Jesse sólo podía verla a ella. Los ojos de color chocolate de Bella lo observaban con cautela. Mientras, él se decía que el único modo seguro de saber si era su mujer misteriosa era besarla. Saborearla. No iba a permitirle que se marchara de la caravana hasta que lo hubiera hecho.

−Jesse −susurró ella mirando a su alrededor como si estuviera buscando una salida−. Jesse, de verdad que me tengo que marchar ahora mismo.

−Sí −replicó él acercándose hasta que sintió su aliento en la barbilla−. Lo sé, pero hay una cosa que tengo que hacer primero.

Bella se lamió los labios.

−¿De qué se trata?

Jesse sonrió y bajó la cabeza.

−De esto... −musitó. Entonces, la besó.

Bella se quedó tan rígida como una tabla durante un segundo. Entonces, se moldeó contra él y le rodeó el cuello con los brazos. Jesse la estrechó contra su cuerpo, colocándole las manos sobre la cintura. Las yemas de los dedos le quemaban con el calor que emanaba de la piel de ella. Bella separó los labios y permitió el acceso a la lengua que él le ofrecía.

Jesse jamás olvidaría ese sabor. Llevaba tres años soñando con él. Por fin volvía a tenerla entre sus brazos. Por fin podía abrazarla, saborearla, tocarla... Al darse cuenta de que la había encontrado, interrumpió el beso de repente y la miró a los ojos.

−Eres tú...

Ella se tambaleó un poco.

−¿Cómo dices?

−Tú. En la playa. Hace tres años.

Bella parpadeó, se frotó la boca con los dedos y respiró profundamente.

−Enhorabuena. Veo que al fin te has acordado.

−¿Tú lo sabías? ¿Te acordabas y no me dijiste nada?

−¿Y por qué iba a hacerlo? ¿Acaso crees que estoy orgullosa de aquella noche?

−Deberías estarlo. Nos los pasamos genial juntos.

−Éramos unos desconocidos. Fue un tremendo error.

Bella trató de pasar al lado de Jesse, pero él le agarró el brazo y la hizo detenerse.

−Te busqué. Al día siguiente, regresé a la playa y te busqué por todas partes.

−¿Acaso creías que seguiría allí tumbada en la arena, esperándote?

−No me refería a eso, maldita sea. ¿Dónde demonios estabas?

–No creo que te esforzaras demasiado en buscarme. Fui a verte a la mañana siguiente y pasaste a mi lado sin verme.

Jesse frunció el ceño y trató de recordar, pero le resultó imposible. Aquella noche bebió tanto que todo lo ocurrido al día siguiente estaba sumido en la bruma del alcohol. Lo único que recordaba era el tacto de la piel de Bella, su sabor.

–Cuando me viste, ¿me dijiste quién eras?

–¡Por supuesto que no!

–¿Y cómo diablos iba yo a saber quién eras tú si no me lo decías?

–¿Qué clase de hombre no recuerda qué aspecto tiene la mujer con la que se ha acostado?

–Uno con resaca. Si no recuerdo mal, los dos nos tomamos unas cuantas Margaritas aquella noche.

–Sí, pero yo sí me acordaba de quién eras tú –le espetó ella–. Además, has dicho que estuviste buscándome. ¿Cómo pensabas reconocerme?

–No lo sé –susurró Jesse, frotándose la nuca con una mano–. Maldita sea, Bella, me lo podrías haber dicho, si no a la mañana siguiente, al menos cuando he regresado a la ciudad. ¿Por eso has estado tan enojada conmigo desde que regresé?

–Por favor –dijo ella levantando la barbilla–. ¿Cómo puedes tener una opinión tal alta de ti mismo? Esto no es nada personal, Jesse –mintió. Se zafó de él y se dirigió a la puerta–. Se trata de que te estás adueñando de mi ciudad. ¿No lo entiendes? Te odio a ti y a todo lo que tú representas.

–No puedes odiarme. No me conoces lo suficiente.

Bella se echó a reír, pero la carcajada no le iluminó los ojos.

–Creo que te conocí bastante bien hace tres años.
–Sí... Bueno, creo que ya va siendo hora de que nos volvamos a conocer.
–Nunca –le espetó ella. Abrió la puerta.
–Nunca digas nunca jamás, Bella –replicó Jesse antes de que ella cerrara la puerta. Llevaba tres años pensando en aquella mujer. No iba a descansar hasta que consiguiera tenerla donde más deseaba. En su cama.

–Haz que venga Dave Michaels –le dijo Jesse a su asistente personal antes de entrar en su despacho.

Cerró la puerta y se dirigió a la ventana. Se dijo que sólo quería observar el mar unos minutos para pensar y tranquilizarse un poco, pero la verdad era que estaba vigilando la tienda de Bella.

–Maldita sea, ¿por qué tenía que ser ella? –susurró.

Se metió las dos manos en los bolsillos de los pantalones. La mujer misteriosa llevaba tres años turbándole los pensamientos. Después de una única noche maravillosa en la playa con ella, se había quedado en la ciudad durante un par de semanas, buscándola en todos los rostros que veía. Sin embargo, ella parecía haber desaparecido. Debía reconocer que, en realidad, había decidido instalarse allí, en Morgan Beach, con la esperanza de volver a verla.

–Esto del karma tiene mala pata –musitó.

El sol entraba a raudales por la ventana. Si el cristal no hubiera estado tintado, Jesse se habría sentido completamente cegado por la brillantez del sol. Incluso estando en la playa, las temperaturas del mes de septiembre en California podían ser bastante altas.

Alguien llamó a la puerta. Dave entró inmediatamente.

−¿Querías verme?

Jesse se dio la vuelta y asintió.

−Cuéntame todo lo que sepas sobre Bella Cruz.

El rostro de Dave se iluminó.

−¿En serio? ¿Estás considerando la expansión?

¿Lo estaba? Sí. Como hombre de negocios que era, no iba a hacer su trabajo a medias. Eso significaba que había llegado el momento de dejar de tratar a su empresa como si se tratara de un pasatiempo. Iba a conseguir que fuera la más importante en moda de baño de todo el mundo. Para hacerlo, necesitaba conseguir clientas, y Bella era la llave para conseguirlo.

−¿Por dónde quieres que empiece? −le preguntó Dave mientras tomaba asiento.

−Por el terreno personal. Familia, novios, esposos o ex de cualquier tipo. Lo quiero todo.

−Vaya. Yo pensaba que esto tenía que ver con su negocio.

−Así es −le aseguró Jesse tomando también asiento−. Para adelantarme a Pipeline, tengo que moverme con rapidez. Eso significa que debo tener toda la información que pueda conseguir. Para derrotar a tu oponente, tienes que conocerlo bien primero.

−¿Oponente, dices? −repitió Dave−. Ella no es tu oponente en nada.

Jesse suspiró y luego sonrió.

−¿Cuánto tiempo lleváis Connie y tú casados, Dave?

−Trece años. ¿Por qué?

−Llevas fuera del juego de la seducción tanto tiempo que se te ha olvidado cómo es. Las mujeres y los hombres son siempre fuerzas opuestas. Después de todo, ésa es la diversión. Si comprendiéramos a las mujeres, ¿dónde estaría el desafío?

–¿Por qué tiene que ser un desafío?

–No tiene por qué serlo, pero lo es. El truco es conocer a la mujer que te interesa, averiguar cómo funciona su mente, si puedes. Cuando lo hagas, todo lo demás resulta fácil.

–Si tú lo dices –dijo Dave, sin parecer muy convencido.

–Confía en mí en esto. Si quiero ganarme a Bella, evitar que firme con Pipeline, tengo que conocerla.

–Supongo que sí –afirmó Dave. Luego sonrió–. Yo creo que los bañadores de Bella van a ser estupendos para King Beach.

–Así es. Yo me encargaré de ello, pero, hasta que convenza a Bella, nuestros planes son un absoluto secreto. No lo sabe nadie. Ni siquiera Connie.

Dave se encogió de hombros.

–Lo que tú digas, jefe.

–Bien.

Jesse escuchó atentamente mientras Dave comenzaba a darle toda la información que tenía sobre Bella. Mientras Dave hablaba, comenzó a planear el modo en el que le podría demostrar a Bella lo mucho que lo necesitaba a él.

# *Capítulo Cuatro*

Durante los dos días siguientes, Jesse observó cómo los clientes no dejaban de entrar y salir de la tienda de Bella. Desde el mirador privilegiado que le ofrecía la ventana de su despacho o desde una mesa de la terraza del café de la playa, podía observar sin problemas la tienda y a su intrigante dueña. Lo que más le sorprendió fue el volumen de negocios que tenía. Bella le había dicho que su negocio iba algo más lento porque se estaba terminando el verano. Vaya. Si aquello era ir lento, se sentía de lo más impresionado.

Seguía sin gustarle la expansión, pero no podía sacarse la idea de la cabeza. Las averiguaciones de Dave demostraron el éxito que Bella tenía en su porción de mercado. No pensaba consentir que Nick Acona se quedara con aquel próspero negocio delante de sus narices.

Ella era el anuncio perfecto para sus artículos. Una mujer corriente entraba en su tienda frustrada por lo que le ofrecían los grandes almacenes y se marchaba de allí con una sonrisa en el rostro. Llevaba días viéndolo. Admitía que el negocio de Bella funcionaba estupendamente, pero él haría que funcionara aún mejor.

Si se lo compraba o si, simplemente, lo absorbía y

la mantenía a ella como diseñadora jefe, los dos podrían hacer millones. Seguramente ella se opondría en todo. Sonrió al pensarlo. Le gustaba mucho eso. La mayoría de las mujeres que conocía estaban tan ocupadas flirteando con él que jamás consideraban discutir. Bella era diferente. Dado que sabía que era su mujer misteriosa, resultaba aún más atractiva.

La deseaba. Desesperadamente. Ansiaba explorar ese cuerpo fabuloso, sentir el calor de su piel y construir nuevos recuerdos. Deseaba mucho más que una sola noche. No sabía cuánto más, pero eso no era lo importante en aquellos momentos. Lo importante era ella.

Demonios. En realidad, Bella le gustaba. Y la comprendía. Mientras la observaba con sus clientes, comprendió que su negocio era mucho más que trabajo para ella. Él se había sentido del mismo modo cuando comenzó. Cuando compró su primera empresa, se había interesado por aprender a cómo darle forma a las tablas de surf él mismo. Había disfrutado estando allí, sintiendo un vínculo con su empresa. Sintiendo que era parte de él.

No había ninguna duda de que así era como Bella se sentía con su tienda. La admiraba por ello, pero sabía que sería un punto de fricción entre ellos. Bella jamás querría ceder las riendas de su negocio. Pero él conocía su secreto. Sabía que era una mujer apasionada. Una mujer que había conseguido que su mundo se tambaleara hacía tres años.

Lo que tenía que hacer era seducirla. Encandilarla. Halagarla. Metérsela en la cama y, cuando la tuviera allí, estaría en posición de conseguir que le cediera su negocio. Entonces, cuando por fin todo hubiera acabado, ella sería rica y le estaría dando las gracias. Si había algo que Jesse King conociera muy bien, eran las mujeres.

–Jesse King ha estado con tantas mujeres que ya no nos distingue. El género femenino entero no es para él nada más que una tienda de golosinas bien surtida –comentó Bella mientras golpeaba con las uñas de la mano una de las vitrinas de joyas de la tienda de Kevin.

Habían pasado tres días desde la última vez que vio a Jesse, y él no había hecho esfuerzo alguno por hablar con ella. No es que hubiera estado esperando verlo, pero se sentía algo frustrada.

Había parecido emocionado al averiguar que ella era la mujer con la que había estado tres años atrás. Tanto que llevaba evitándola desde entonces. Bella se sentía furiosa. Por el amor de Dios. Se sentía furiosa cuando él estaba cerca y también cuando no lo estaba.

–Evidentemente, me está volviendo loca.

–No hay nada malo en un poco de locura –dijo Kevin.

–Resulta fácil decirlo cuando tú no eres la idiota en cuestión –musitó Bella. Se inclinó sobre una vitrina de cristal para examinar un nuevo par de pendientes–. ¿Son de turquesa?

–Dios, eres una plebeya –comentó él, riendo–. No, querida mía. Es lapislázuli. Es muy antiguo. Esa piedra era muy popular en los tiempos de los emperadores y los faraones.

–¿Sabes una cosa? –le dijo ella con una sonrisa–. Si

no hubiera conocido a tu novia, pensaría que eras homosexual.

–Los heterosexuales también saben mucho de joyas. Tu surfista compró un maravillo collar de esmeraldas, ¿te acuerdas?

Bella sintió un aguijonazo. ¿Para quién lo habría comprado? Esa mujer tenía que ser muy importante para él. No se compraban esmeraldas para una aventura casual.

–Ah, sí, el señor Considerado. Me pregunto quién de entre sus esclavas se queda con las esmeraldas –musitó Bella.

–Cielo, me estás pareciendo una esposa celosa.

Ella levantó inmediatamente el rostro y lo miró con dureza.

–Te aseguro que no lo soy.

–Pues yo creo que sí.

–No estoy celosa. Simplemente, irritada.

–Y lo ocultas muy bien. Bueno, entonces, él ya se ha enterado de lo de hace tres años.

–Sí, y tuvo la cara de decirme que le debería haber dicho antes quién era yo.

–¡Qué idiota! ¿Cómo se atreve a utilizar la lógica?

–Qué gracioso –replicó Bella–. Esto no tiene nada que ver con la lógica. Se mostró completamente insultante.

–¿Insultante? Vamos, Bella. Dale a ese pobre hombre un respiro. Te dijo que se acordaba de aquella noche. Que se acordaba de ti. ¿Por qué es eso insultante? Ah, te ruego que me hables despacio. No te olvides que tengo un cromosoma Y.

–Resulta insultante porque se acordaba del sexo, pero no de mí.

—Pues claro. Las mujeres siempre hacéis que estas cosas sean más difíciles de lo que tienen que ser. Él se acordaba del sexo por ti. Por lo tanto, se acordaba también de ti.

—¿Es obligatorio que los hombres os apoyéis siempre los unos a los otros?

—Contra las mujeres, sí –admitió Kevin–. Yo adoro a las mujeres, pero podéis conseguir que un hombre envejezca antes de tiempo.

—Kevin, ¿podrías ser mi amigo y no el hermano de armas de Jesse? ¿Es que no lo entiendes? Por lo que a él respecta, yo podría haber sido cualquiera.

—Soy tu mejor amigo y por eso te estoy diciendo la verdad a pesar de que tú no deseas escucharla. No fuiste cualquiera para él. Fuiste tú. Se acordaba de ti. Déjate de monsergas.

—No me puedo creer que sigas de su lado.

—La pregunta es, en realidad, por qué estás tú en contra de él. A mí me parece que estás obsesionada con Jesse.

—Eso no es cierto. Además, no lo entiendo. Tú solías apoyarme contra él. ¿No fuiste tú el que me ayudó a organizar la marcha de protesta contra las absorciones de empresas en Morgan Beach?

—Tú eres la única que sigue teniendo un problema con él.

—Bien. Loba solitaria. Ésa soy yo.

La campaba de la puerta sonó. Kevin le sonrió.

—Volveré en un segundo, señora Loba. Tengo un cliente. Échales un vistazo a los nuevos pendientes de plata. Señora Latimer –dijo Kevin, dirigiéndose a la alta y elegante mujer que acababa de entrar en la tienda–, tengo unos jades que le van a encantar.

—Las cosas están muy feas cuando ni siquiera tu mejor amigo está de tu lado —murmuró Bella. Se dirigió a la vitrina donde Kevin guardaba la plata. La examinó, deslizando el dedo sobre el frío cristal—. Jade, esmeraldas, diamantes...

—¿Cuál te gusta más?

Bella se quedó boquiabierta.

—¿Qué estás haciendo aquí?

Jesse sonrió. Con un dedo, la ayudó a cerrar la boca.

—He regresado para ver si Kevin tiene unos pendientes a juego con el collar que me llevé hace un par de semanas.

—Ah, sí, las esmeraldas —dijo. ¿Había sonado melancólica? Esperaba que no.

—¿Tienes algo en su contra?

—En absoluto. Sólo espero que la mujer a la que se las has comprado aprecie el gesto. Hmm..., me pregunto si te acuerdas de cómo se llama.

—Claro que sí —replicó él—. Sin embargo, ahora me estoy preguntando yo por qué te importa. ¿Acaso estás celosa?

—Por favor...

Por supuesto que no estaba celosa. Lo miró a los ojos y se dijo que debía recordar que ella no significaba nada para él. Un borroso recuerdo de una noche.

—No es asunto mío que le compres joyas a una mujer —replicó—. Simplemente, espero que la pobrecilla sepa en lo que se está metiendo.

—Oh, creo que lo sabe —repuso él, sonriendo.

—Resulta sorprendente ver cuántas mujeres se ven absorbidas por tu órbita.

—Si no recuerdo mal, a ti te gustó bastante mi órbita.

Ella le dedicó una mirada de desaprobación.

—Creía que habías dicho que no te acordabas de mucho.

—Bueno, los recuerdos son algo vagos, pero ahí están. Piel ligeramente bronceada a la luz de la luna —susurró, inclinándose suavemente hacia ella—. El estallido de algo eléctrico cuando nos tocamos. El suspiro de tu aliento…

Se detuvo y Bella se echó a temblar.

—¿Me puedes refrescar la memoria un poco más? —añadió Jesse.

Ella sintió que la indignación se le despertaba por dentro. Efectivamente, resultaba el hombre más atractivo sobre la faz del planeta. Sexy, guapo… pero completamente inmoral.

—Sí, claro —replicó ella con fiereza—. Por supuesto que sí. Estás aquí para comprar esmeraldas para una conquista mientras tratas de prepararte otra. Me da mucha pena esa mujer. Si supiera su nombre, iría a buscarla y le prevendría sobre ti.

—Confía en mí si te digo que no necesita que la adviertas de nada.

—Yo creo que sí. Seguro que está sentada en su casa, pensando que eres algo especial, sin tener ni idea de que estás tratando de ligar conmigo y…

—¿Ligar contigo? Yo no creo que eso tenga nada de malo.

Bella lo miró boquiabierta.

—¡Eres un verdadero cerdo!

—Tranquilízate, Bella. ¿Por qué no vamos a almorzar juntos y hablamos de todo esto?

-Ni hablar -dijo Bella, dando un paso atrás para que sus intenciones quedaran más claras. Sabía que Jesse King no era bueno para ella, pero su cuerpo respondía cuando él estaba cerca. Se preguntó qué decía eso de ella. Jesse era el único hombre que la afectaba de aquella manera-. No hay nada que pueda convencerme para que repita un error que he tardado tres años en bloquear de mi memoria -dijo, echando una pequeña mentira. No podía admitir delante de él todo lo que aquella noche había significado para ella. Además, después de haber empezado a conocerlo un poco mejor, estaba comenzando a replantearse aquellos momentos de placer.

La sonrisa desapareció de los labios de Jesse. Rápidamente, la irritación se le reflejó en los ojos.

-Si realmente has estado tratando de bloquear esa noche de tu mente, no estarías ahora tan enfadada por el hecho de que yo haya comprado joyas para otra mujer.

Bella contuvo el aliento. Cuando habló, su voz iba cargada de furia.

-¿Hablas en serio? ¿De verdad es tan grande tu ego?

-Bella, si te callaras durante un momento…

-¿Callarme dices? No me puedo creer que me acabes de decir eso.

-Bella, si me dejaras hablar…

-No. Ya has dicho más que de sobra. Estás aquí tratando de engatusarme mientras le compras carísimas joyas a otra pobre mujer que probablemente piensa que la amas.

-Y así es.

Bella se quedó boquiabierta. Dolida. Herida. Furiosa. Sorprendida. Se preguntó por qué aquellas palabras le habían dolido tanto. Jamás se había parado a pensar en lo que sentía por Jesse King, pero oírle admitir que amaba a otra mujer era simplemente... horrible.

No debería importarle. Hacía tres años que no lo veía. No lo había querido en su vida. Sin embargo, saber que eso ya no ocurriría le dolía a un nivel que no había esperado. Eso le hizo enfurecerse aún más con él.

–Canalla.

–Por supuesto que la amo. Es una mujer magnífica. Divertida, inteligente...

–Me alegro por ti –le espetó. Trató de marcharse–. No te molestes en mandarme una invitación a la boda.

–La boda ha terminado.

–¿Cómo? ¿Significa eso que ya estás casado?

Jesse se echó a reír, provocando que tanto Kevin como su cliente se volvieran a mirarlos con curiosidad. Después de un instante, los dos volvieron a centrarse en el asunto que los ocupaba mientras Bella trataba de controlarse. Aquello era peor de lo que podría haber imaginado nunca.

–¿Estás casado? –repitió, con incredulidad.

–Yo no. Ella sí.

Bella se quedó completamente atónita por lo que acababa de escuchar. La situación iba empeorando cada vez más.

–Bueno, eso te convierte en un verdadero héroe, ¿no te parece? Le has comprado joyas a una mujer casada.

–Creo que su esposo lo comprenderá.

–Oh, estoy segura de ello.

—No me crees –dijo él, con una sonrisa–, pero mi primo Travis sabe que estoy loco por su esposa Julie.

—Sí, claro, estoy segura de que...

Bella se interrumpió cuando comprendió las palabras que Jesse acababa de pronunciar. Entonces, notó que él estaba sonriendo y que la alegría por la diversión que le provocaba aquella situación se le reflejaba en los ojos.

—¿Qué?

Jesse extendió la mano, tomó la de Bella y comenzó a acariciársela de un modo que quería resultar tranquilizador, pero que, en realidad, estaba despertando todos sus instintos más básicos. ¿Por qué tenía que ser Jesse King quien despertara todo su cuerpo con una sola caricia?

Como si supiera exactamente lo que ella estaba pensando, Jesse la miró entonces de un modo más... íntimo.

—El collar y los pendientes son para la esposa de mi primo Travis.

—¿Para la esposa de tu primo?

—Sí –respondió él, con una sonrisa–. Acaba de tener un bebé. El segundo. Esta vez ha sido un niño. Su hija Katie casi tiene dos años y Colin nació hace un mes.

—Y le has comprado unas esmeraldas –dijo Bella. Sintió que los últimos retazos de su ira iban desapareciendo y que se veían reemplazados por algo que se parecía mucho a la ternura, un sentimiento mucho más peligroso en lo que se refería a Jesse King.

—Sí. Tiene ojos verdes y Travis siempre le está comprando esmeraldas, por eso, cuando vi el collar aquí, no pude resistirme.

Le había comprado un carísimo collar a la esposa de su primo. ¿Por qué eso despertaba su ternura? Porque indicaba que estaba muy unido a su familia. Ella llevaba viviendo la mayor parte de su vida sola. La familia no había sido nunca más que un sueño. Sintió envidia de Julie King. Tenía un esposo que la adoraba, dos hijos y un primo que la quería lo suficiente como para comprarle algo especial con lo que celebrar el nacimiento de su hijo.

–Bueno, ¿sigo siendo un cerdo?
–Probablemente, pero en esto no, por supuesto.
–Pareces desilusionada.
–No. Sólo me siento confusa.
–Bueno. Creo que tengo que decir que eso me parece un paso en la dirección correcta.
–¿Cómo es eso?
–La confusión significa que ya no estás tan segura de que yo sea el diablo encarnado y que, tal vez, estás dispuesta a arriesgarte.

El corazón de Bella se aceleró y el estómago le dio un vuelco. Maldita fuera. Su cuerpo se estaba rebelando. Supo que tendría que mantenerse alejada de Jesse King. Ya había salido escaldada en una ocasión, por lo que sería una estupidez meterse otra vez en el agua hirviendo.

Sin embargo... le había comprado esmeraldas a la mujer de su primo y le parecía lo correcto, lo que debía hacer. Eso decía mucho sobre él, ¿no?

La vida le había resultado mucho más fácil cuando sólo lo odiaba.

–¿Arriesgarme a qué?
–¿Qué te parece si me das la oportunidad de llevarte a conocer mi empresa? –le preguntó él con una

sonrisa–. Quiero demostrarte que no soy el director de un imperio malvado.

–Hmm. Eso aún hay que verlo. Acepto que me enseñes King Beach.

–Con eso me basta por el momento. ¿Qué te parece dentro de una hora?

–Bien –respondió Bella. El sentimiento de lucha había desaparecido de su interior. Su mente, su cuerpo y su corazón estaban tratando de comprender aquella nueva faceta de la personalidad de Jesse King.

–Muy bien. Hasta luego.

Se marchó de la tienda de Kevin sin mirar atrás, dejando a Bella más confusa que nunca.

# *Capítulo Cinco*

Jesse estaba esperando a Bella en la acera, junto a la puerta de King Beach. Por alguna extraña razón, casi se sentía como un adolescente en su primera cita.

El sol de primeras horas de la tarde lo iluminaba desde un cielo brillante. El tráfico de la calle principal no era muy intenso, pero las aceras estaban repletas de gente que entraba y salía de las tiendas en el distrito que él había rehabilitado. Todos los habitantes de Morgan Beach estaban encantados con lo que él había hecho. Todos, menos la mujer en la que él estaba interesado.

¿Estaba su destino vengándose de él? Durante toda su vida, las mujeres se le habían dado muy bien. Menos Bella, una mujer cuyo recuerdo lo había perseguido durante tres años y que, tras volver a encontrarla, no quería tener nada que ver con él. Peor aún, tenía algo con ese tal Kevin. Se preguntaba de qué se trataría. ¿Estaría enamorada de él?

Frunció el ceño y se dijo que no le importaba. Fuera lo que fuera lo que ella sintiera por otro hombre, podría enfrentarse a ello. Deseaba a Bella y Jesse King no perdía. Nunca.

–Vaya, pareces enojado.

Una voz le sacó de sus pensamientos. Al volverse hacia donde había sonado, se encontró con unos ojos de color chocolate. Bella se le había acercado sin que se diera cuenta, pero el aroma que emanaba de ella debería haberlo alertado. Se trataba de una mezcla de flores y especias que le recordaba a los días de verano. Bueno, al menos, a una noche de verano en particular.

–Lo siento. Sólo estaba pensando.

–No creo que se tratara de pensamientos muy felices.

–Te sorprendería –dijo. Le tomó el brazo y la hizo girarse hacia la puerta de King Beach. Sin embargo, cuando hizo ademán de entrar, ella no se movió–. ¿Cuál es el problema?

–Me siento como si estuviera entrando en territorio enemigo.

–¿Esperas una emboscada?

–Sinceramente, no sé qué esperar –replicó mirándolo fijamente.

–En ese caso, creo que será mejor que empecemos para que puedas satisfacer tu curiosidad.

Los dos atravesaron el umbral de la puerta y se detuvieron justo al otro lado. Frente a la puerta, estaba la recepción del edificio. La señorita que estaba allí sentada no dejaba de contestar un teléfono que sonaba incesantemente. Jesse le dedicó una sonrisa y condujo a Bella hacia el ascensor. Allí, apretó un botón y esperó. No la había soltado ni un solo instante, como si temiera que saliera corriendo.

Ella no lo hizo, pero tenía una expresión de resignación. Jesse deseó que sonriera. Resultaba sorprendente cómo aquella mujer tan mal vestida podía afectarlo tanto. En aquel momento, no pudo evitar preguntarse por qué vestía de aquella manera.

–Bueno, ¿quieres decirme por qué te pones prendas que no tienen forma alguna?

–¿Cómo dices?

Ella giró el rostro para mirarlo. Jesse indicó la camisa suelta de color verde pálido y la falda amarilla que le llegaba hasta el suelo. Tal vez no debería haber dicho nada. Después de todo, estaba tratando de seducirla, no de enojarla más. Sin embargo, había visto el cuerpo que se escondía bajo toda aquella tela y no podía comprender por qué se sentía tan decidida a ocultarlo. En especial, porque hace tres años no lo hacía. Recordaba claramente unos vaqueros ceñidos y una camiseta con amplio escote.

Cuando Bella se sonrojó, Jesse se sintió encantado. Ni siquiera podía recordar la última vez que había visto sonrojarse a una mujer. Sin embargo, aquel momento de confusión sólo duró un instante. Bella se recuperó y lo miró inmediatamente con profunda fiereza.

–No creo que eso sea asunto tuyo, pero me gusta llevar tejidos naturales.

–Claro, pero, ¿por qué…?

El ascensor llegó en aquel momento. Las puertas se abrieron y Bella entró. Allí, se dio la vuelta secamente y lo miró con desprecio.

–Dejé de ponerme ropas que se me ciñeran al cuerpo hace tres años, cuando descubrí que atraía a los hombres a los que sólo les interesaba una cosa.

Bajo la dura luz del fluorescente, tenía un aspecto orgulloso, feroz. Jesse sintió admiración hacia ella y una cierta sensación de vergüenza. Por su culpa, Bella se vestía de aquel modo. Ocultaba aquel glorioso cuerpo porque se había acostado con ella y luego había desaparecido de su vida.

Entró en el ascensor con una sensación de enojo consigo mismo. Apretó el botón del segundo piso. Le resultaba extraño que una mujer hubiera seguido pensando en él después del placer compartido. Él siempre había disfrutado y se había asegurado de que la mujer del momento se divirtiera también. Entonces, había seguido con su vida.

Se sintió intranquilo, preguntándose cuántas otras mujeres heridas habría dejado a lo largo de su extensa carrera de conquistas. Jamás se había considerado como un hombre que hiciera daño a las mujeres. Diablos, le gustaban mucho las mujeres, pero… Tendría que reflexionar.

A pesar de todo, sintió que debía decir algo.

—No creo que tu estrategia esté funcionando.

—¿De verdad? No me ha molestado ningún hombre que yo no deseara en los últimos tres años.

—En ese caso, los hombres de esta ciudad están o probablemente son idiotas. Seguramente estás mejor sin ellos.

—¿De verdad?

—Sí. Es decir, la ropa que usas es muy fea, pero no oculta tus ojos, ni tu boca —susurró. Levantó una mano y le acarició suavemente los labios con el pulgar. Ella apartó la cabeza rápidamente. Jesse sonrió—. Aunque hubieras ido vestida así hace tres años, yo me habría fijado en ti.

Bella parpadeó. Evidentemente, estaba sorprendida por lo que acababa de decirle. Él se sintió como un estúpido. Por primera vez en su vida, se enfrentaba a una mujer a la que había abandonado y lamentaba haberlo hecho. La experiencia no le resultaba agradable.

El ascensor se detuvo y las puertas se abrieron, librándolos así de tener que seguir con la conversación. Se vieron envueltos por la actividad que reinaba en la planta a la que habían llegado.

–Vamos, Bella –dijo, extendiendo una mano hacia ella y sonriendo–. Déjame mostrarte el campamento enemigo.

Ella miró a su alrededor y, por fin, le dio la mano de mala gana. Lo siguió a través de aquel caos organizado. Los teléfonos no dejaban de sonar, las impresoras trabajaban sin parar y se escuchaban una docena de conversaciones en voz baja por todas partes.

Jesse avanzaba por la planta como si se tratara de un rey inspeccionando su reino. Se aseguró de que ella notara que se utilizaba la tecnología más avanzada y que se fijara en el elevado número de empleados que se ocupaban de la publicidad y del marketing. Le mostró los mapas en los que tenía señalados las cientos de tiendas que tenía por todo el país. Entonces, se giró para gozar de la admiración que ella estaría sintiendo.

Sin embargo, Bella no se estaba fijando en él ni en su presentación. No hacía más que recorrer los espacios entre las mesas, asomándose por todas partes e incluso mirando en las papeleras.

–¿Qué estás haciendo? –le preguntó él, atónito.

Bella se dio la vuelta para mirarlo. Tenía en la mano una lata vacía de refresco y la sostenía con orgullo, como si se tratara de una pepita de oro que hubiera excavado de la tierra.

–¡Mira esto! Pero si ni siquiera recicláis.

El empleado cuya mesa había estado Bella examinando soltó una carcajada. Una mirada de Jesse bastó para que guardara silencio. Todo lo que le había mostrado, todo lo que había hecho para impresionarla no había significado nada. Se había centrado en una lata vacía. Admiraba su pasión. Bella prácticamente vibraba con ella y Jesse no deseaba más que poder experimentarla de cerca. Bella le estaba regañando y él no podía evitar desearla.

–Por supuesto que reciclamos, Bella –dijo, con voz paciente–, pero no se hace aquí. Los empleados de limpieza se ocupan de ello todas las noches.

–Claro. Contratas a alguien para que haga lo que hay que hacer y que tú no tengas que esforzarte en nada –le espetó al tiempo que dejaba que la lata volviera a caer a la papelera.

–¿Cómo dices?

–Me has oído. No te importa lo que haga tu empresa mientras que tengas buenos beneficios. Ni siquiera les pides a tus empleados que reciclen. ¿Acaso sería muy difícil poner dos papeleras en cada mesa? ¿De verdad resulta tan difícil tomarse una responsabilidad personal en lo que produce tu empresa?

El dueño de la mesa en cuestión se encogió de hombros y siguió trabajando. Jesse sacudió la cabeza, tomó a Bella del brazo y la apartó de allí. No iba a defenderse de ella delante de sus empleados.

Cuando estaban lo suficientemente alejados de todos lo que pudieran oírlos, le dijo:

–Por si no te has dado cuenta, los paneles que delimitan todas esas mesas marcan un espacio demasiado pequeño como para poder poner muchas cosas dentro.

–La excusa más fácil.

–¿Qué importa cómo se haga el reciclado mientras se haga?

–Es el principio de las cosas.

–El principio... Es decir, que no se trata de reciclar, sino de que recicle yo personalmente –Bella frunció el ceño–. Contrato personas para que hagan ese trabajo, Bella.

–Hmm.

–Está bien –dijo Jesse mirándola a los ojos–. ¿Te haría sentirte mejor si despidiera a todos los empleados de limpieza y me encargara de eso yo mismo? ¿Haría que el mundo fuera un lugar mejor para ti, Bella, el hecho de que yo dejara a veinte personas sin trabajo? ¿Ayuda eso al medio ambiente?

Bella tardó varios segundos en responder. Cuando lo hizo, dejó caer los hombros y suspiró.

–Está bien. Supongo que tienes razón.

Jesse sonrió. Al menos, Bella admitía sus equivocaciones.

–Vaya. No me puedo creer que le haya ganado un punto a Bella Cruz.

Ella lanzó un bufido.

Jesse levantó una mano y sonrió.

–Espera. No he terminado aún de saborear mi victoria. Quiero disfrutar un poco más de la gloria de este momento –dijo. Los segundos fueron pasando–. Está bien. He terminado.

–¿Acaso es todo una broma para ti?

–¿Y quién te ha dicho que estaba bromeando? Conseguir que admitas que tengo razón en algo es motivo para celebrar. Ahora, ¿te parece que sigamos con la visita?

Jesse le tomó la mano. Ella tardó unos segundos en agarrarla, pero, al final, cedió. En aquella ocasión, él no sonrió físicamente, sino que lo hizo para sí. Bella comenzó a caminar a su lado y habló con algunos empleados. Jesse pudo observar que los encandilaba a todos. Aparentemente, su mujer misteriosa tenía una gran personalidad. Lo que le resultaba evidente era que no se permitía relajarse cuando estaba con él. No le importaba. No quería que ella se relajara. La quería excitada, molesta, a punto de caer en la pasión sexual. Entonces, la ayudaría a aliviarse.

Sí. Iba a volver a poseer a Bella. Iba a darle vino, comida y a seducirla de tal modo que ella terminaría suplicándole que se hiciera cargo de su negocio y que la convirtiera en millonaria. Cuando se hubiera ocupado del negocio, todo sería mejor. Cuando fuera parte de King Beach, las cosas le irían mejor a Bella. Y a él. Y a todo el mundo.

Se hizo a un lado mientras ella hablaba con un par de secretarias. Las dos mujeres no dejaban de elogiar su trabajo y de decirle cómo les gustaría poder encontrar trajes de baño de calidad en todas partes. Incluso en King Beach. Jesse frunció el ceño al escuchar cómo sus propias empleadas decían que su empresa no estaba satisfaciendo las demandas de los consumidores. Ese hecho lo convenció aún más de que absorber la empresa de Bella era la decisión correcta.

En aquel momento, Dave Michaels se acercó a ellos con una expresión alegre en el rostro.

–Bella –dijo, tras saludar a Jesse con una inclinación de cabeza–. Estamos encantados de tenerte aquí. Jesse me ha dicho que te iba a enseñar nuestra empresa. Espero que no te importe si te llamo Bella.

–Claro que no –respondió ella. Se alejó de las dos secretarias con las que había estado charlando–. Todo esto es… impresionante.

Había dicho «impresionante», pero a Jesse no le

parecía que estuviera muy impresionada. Más bien le parecía algo disgustada.

–Bueno, somos muy grandes y estamos creciendo aún más –dijo Dave–. Ésa es una de las razones por las que yo me alegro de que estés aquí. Como sabes, King Beach no se ocupa de la ropa de baño femenina...

Jesse comenzó a hacerle gestos a Dave para que no siguiera. Aún no había llegado el momento de decirle a Bella que estaban interesados en comprar su empresa. Cuando llegara, quería ser él quien se lo dijera. Tenían que ser cautos para que todo el asunto no les explotara en el rostro.

Dave comprendió lo que Jesse estaba tratando de decirle y se interrumpió a mitad de la frase. Cambió de tema sutilmente.

–... pero tengo que decirte que mi esposa compró un traje de baño en tu tienda y no puede dejar de hablar de él.

–Me alegro mucho. Espero que vuelva a mi tienda –dijo ella, contenta.

–Te aseguro que lo hará. La semana que viene sus hermanas van a venir aquí de compras. Connie les ha hablado tanto de tu tienda que las tres han insistido en visitarte cuando vengan.

–Gracias. Siempre me alegra mucho descubrir que tengo un cliente satisfecho.

–Claro. A todos nos gusta –musitó Jesse. Entonces, volvió a indicarle a Dave con un gesto que se marchara a paseo.

–Bueno, tengo unas cuantas llamadas que hacer –dijo éste, captando la indirecta–. Os dejo que sigáis con la visita. Me alegro de verte aquí, Bella. Espero volver a verte muy pronto.

Bella observó cómo se marchaba. Entonces, se giró para mirar a Jesse.

–Me gusta tu amigo.

–Pero yo no.

–¿Acaso importa eso?

Sí, claro que importaba. Jesse no estaba seguro de por qué no le gustaba reconocer ese hecho, pero de lo que sí lo estaba era de que no iba a permitir que Bella se enterara de lo que sentía.

–Deja que te enseñe mi despacho –dijo.

–Oh, señor King –le dijo una mujer mientras se acercaba rápidamente a ellos–. Acabamos de tener noticias sobre la exposición de surf. La ciudad lo ha aprobado todo y todos nuestros invitados han accedido a participar.

–Buenas noticias, Sue –respondió Jesse tras captar la curiosidad que se reflejaba en los ojos de Bella–. Llame a Wiki, ¿quiere? Dígale que me pondré en contacto con él mañana.

–Lo haré –dijo la mujer antes de marcharse corriendo.

–¿Wiki? –le preguntó Bella mientras Jesse le agarraba el brazo y la dirigía hacia su despacho.

–Danny Wikiloa –respondió mientras le abría la puerta. Una vez estuvieron los dos dentro, la volvió a cerrar–. Es un surfista profesional. Estuvimos años compitiendo juntos. Va a venir dentro de dos semanas para una exhibición. En realidad, lo hace como un favor hacia mí, dado que ahora ya está retirado.

–La exhibición –murmuró ella–. Todo el mundo lleva días hablando de lo mismo.

Jesse se metió las dos manos en el bolsillo mientras observaba cómo ella recorría su despacho. Bella se fijaba en todo, deteniéndose para mirar las imágenes de las playas. Apenas miró los trofeos, lo que le dolió un poco, pero pareció fascinada por las fotos familiares.

–Va a ser muy divertido –comentó mientras se acercaba a ella–. Diez de los mejores surfistas mundiales van a participar en esa exhibición.

–Lo echas de menos, ¿verdad? Me refiero a la competición.

–Sí, así es. Me gusta ganar –dijo Jesse. Jamás lo había admitido con nadie.

–No me sorprende. Todos los King sois así, ¿no?

–Es cierto. Nos gusta competir y no perdemos de buena gana.

–Pues no se puede ganar siempre.

–No veo por qué no.

–Lo dices en serio, ¿verdad?

–Sí. Ninguna de las personas que aparecen en esas fotografías son de las que se conforman con ocupar el segundo lugar.

–A veces, a uno no le queda elección.

–Siempre hay elección, Bella. Hace mucho tiempo, la familia King decidió que las únicas personas que pierden son las que esperan hacerlo. Nosotros esperamos siempre ganar, así que eso es lo que hacemos.

–¿Así de fácil?

Jesse la miró y vio que ella lo estaba observando muy atentamente. Sus ojos tenían un aspecto misterioso, oscuro. Parecían llenos de secretos que él ansiaba conocer. Compartir con ella. Levantó una mano y le cubrió la mejilla con ella.

–Yo no he dicho nunca que sea fácil. De hecho, ganar nunca debería serlo. Si todo el mundo fuera capaz de hacerlo, ya no resultaría divertido.

—Y divertirte es muy importante para ti, ¿verdad? —dijo ella. Dio un paso atrás, alejándose de su caricia. De él.

—Debería ser importante para todo el mundo. ¿De qué sirve la vida si uno no la disfruta? Diablos, ¿por qué iba uno a hacer nada si no lo disfruta?

—¿Y tú disfrutas con lo que haces ahora?

—Sí —dijo encogiéndose de hombros—. No creía que fuera a ser así. Jamás pensé ser empresario, pero se me da bien.

—Sí, supongo que sí —susurró ella mirando a su alrededor.

—Me gusta ver que estamos de acuerdo en algunas cosas.

—No te acostumbres.

—¿Y por qué no, Bella? Podríamos ser un equipo fantástico.

—Nosotros nunca podríamos ser un equipo.

Aquél era el momento de hacerle su ofrecimiento. De repente, se sorprendió al pensar que jamás había tenido que esforzarse tanto para conseguir gustarle a una mujer.

—Sí que podríamos serlo. Piénsalo. King Beach. Bella's Beachwear. Una unión perfecta.

Bella se quedó completamente inmóvil. Entonces, lo miró con intranquilidad y le preguntó:

—¿Qué clase de unión?

—Bueno, no iba a sacar el tema tan pronto, pero tampoco me gusta esperar. Está bien —dijo. Se dirigió a su escritorio y se apoyó contra él. A sus espaldas, el sol entraba a raudales por la ventana—. Quiero comprar Bella's Beachwear.

# *Capítulo Seis*

–No –dijo Bella. Escupió la palabra instintivamente.

–Vaya –replicó él. Se apartó del escritorio y se acercó a ella–. Al menos, déjame terminar la frase.

–No hay necesidad. Yo no estoy a la venta.

Tendría que habérselo imaginado. Tendría que haberse dado cuenta de que Jesse andaba buscando algo. Se había relajado con él, había dejado que la acariciara... Todo había sido una estrategia para debilitar sus defensas.

–No estoy tratando de comprarte a ti, Bella. Sólo a tu negocio.

–Eso es lo que no terminas de comprender. Yo soy mi negocio –le espetó. Se sentía irritada, dolorida y enojada consigo misma por haberse metido en aquel lío–. Quieres comprar mi ropa de baño, pero, para ti, sólo se trata de trajes de baño. Se ponen en una percha y se venden en masa.

–¿Hay algo malo en vender tu producto a gente que lo quiere comprar?

–No, pero a mí no me interesan las ventas rápidas y fáciles. A mí me interesan mis clientes. Quiero ayudar a mujeres corrientes a reconstruir su autoestima. Tú quieres que las jóvenes y delgadas se sientan guapas. Bueno, pues ellas ya lo son. ¿Es que no te habías dado cuenta?

—Bella, sé que crees que quiero cambiar lo que tú haces, pero estás equivocada. Llevo años resistiéndome a vender ropa de baño femenina porque yo no sé lo que las mujeres quieren. Sólo vendo lo que me convence. Por eso quiero que tú formes parte de King Beach. Porque tú crees en tus productos del mismo modo en el que yo creo en los míos.

—Lo mío no son «productos».

Jesse soltó una carcajada, lo que hizo que Bella se enfureciera aún más.

—Lo entiendo. Tu línea no es intercambiable con los trajes de baño que venden los grandes almacenes.

—No deseo que compres mi empresa para que la aplastes o la absorbas en lo que es King Beach. No puedes comprarme tal y como lo hiciste con esta ciudad, Jesse. No voy a permitirte que estropees lo que más quiero sólo por el bien de tu negocio.

—¿Acaso tienes algo en contra de convertirte en millonaria? —replicó él—. Porque te prometo que, si te unes a mí, eso será en lo que te convertirás.

Durante un instante, Bella consideró su oferta. Pensó en lo que significaría para ella ser económicamente independiente. Podría comprarle a Kevin la casita que éste le alquilaba. Podría donar todo el dinero que quisiera a diferentes organizaciones benéficas. Podría...

—Eres el mismísimo diablo —le espetó finalmente.

—Bien. Me alegra ver que estás empezando a pensarlo.

—Lo hice. Durante treinta segundos.

—Es un comienzo.

—No lo es. No estoy preparada para la producción a gran escala. Soy una empresa pequeña y me gusta que sea así. Conozco a mis costureras. Elijo personalmente las telas y diseño los modelos. Las mujeres que trabajan para mí cuidan tanto su producto como yo.

–Sí, pero, ¿tienes que hacerlo siendo pobre? Piénsalo. Si te alías con King Beach, crearás más puestos de trabajo. Habrá mejores sueldos para tus tejedoras y para tus costureras. Estoy seguro de que podremos contratarlas. Podrán enseñarles a los profesionales un par de cosas.

–Ellas son también profesionales.

–Estoy seguro, pero a una escala mucho menor. ¿No te das cuenta, Bella? Si te unes a mí, conseguirás mucho más para tu empresa.

–Sé que quieres mi empresa, pero no te la voy a entregar.

–No es sólo tu negocio lo que quiero, Bella. Te quiero a ti.

Dios. Una oleada de algo cálido, delicioso y turbador la atravesó de la cabeza a los pies. Jesse la deseaba. ¿Lo había dicho en serio? ¿Y cómo la deseaba? ¿Durante cuánto tiempo? Oh, Dios. Estaba nerviosa. Excitada. Experimentaba cientos de sensaciones diferentes y vibraba con las posibilidades que le ofrecían aquellas palabras. Todo cambió cuando Jesse siguió hablando e hizo añicos todo lo que ella había pensado.

–Quiero que seas tú quien se ocupe del negocio. Seguirías estando a cargo del diseño y tendrías la última palabra en todo lo relacionado con Bella's Beachwear.

El calor que había estado sintiendo se transformó en una gélida sensación. Muy bien. No la deseaba a ella. Quería que trabajara con él. Para él. Nada más.

Tenía que dejar de imaginarse sueños perfectos para evitar desilusiones.

–Éste ha sido tu plan desde el principio, ¿verdad? Tanto flirteo y tanta seducción estaban sólo destinados a pillarme desprevenida.

–Eso depende. ¿Lo estás?

–Todos tus comentarios sobre el hecho de que King Beach no se ocupa de las mujeres eran sólo eso. Comentarios. Llevas planeando la absorción de mi empresa desde el principio.

–Lo he considerado, sí. El día de la sesión de fotos me abrió los ojos. Pero tú eres la única culpable de eso. Tú me enseñaste lo que tus trajes de baño podían hacerle al cuerpo de una mujer. Tú me lo pusiste todo en bandeja. ¿Es culpa mía que me hicieras pensar?

–Ahora no importa –dijo Bella. De repente, se arrepintió profundamente de todo lo que había hecho ese día–. Nada ha cambiado. Yo no he cambiado. ¿Crees que eres la primera empresa que quiere comprarme el negocio? No lo eres. Y probablemente tampoco serás la última. Sin embargo, no voy a vender, Jesse. En esta ocasión, tú pierdes.

–Dios, eres muy testaruda.

–Yo estaba pensando lo mismo sobre ti –replicó ella. Al ver que él sonreía, se sintió aún más furiosa. Como si sólo con su sonrisa pudiera hacerle cambiar de opinión–. Lo llevas en la sangre, ¿verdad? Debe de ser un rasgo propio de los King. Siempre habéis conseguido todo lo que habéis querido. Has llevado una vida maravillosa –añadió–. Eso es algo que no le ocurre a todo el mundo.

Jesse cambió de posición un poco. Evidentemente, le incomodaba el giro que había dado la conversación.

–Está bien. Lo admito, pero si crees que los King se educan para ser perezosos o mimados, estás muy equivocada.

–¿No me digas? –replicó ella. Entonces, señaló las fotografías familiares que colgaban de la pared–. Ninguna de estas personas parecer haber llevado una vida dura.

Jesse señaló a uno de ellos.

–Ése es mi hermano Justice.

–Es un nombre muy interesante.

–Mi padre ganó un pleito muy importante el día en el que él nació. De algún modo, logró convencer a mi madre de que Justice era un nombre perfectamente razonable. Pero deja que te hable de Justice y de la vida de los mimados ricos –dijo él. Se sentó sobre el brazo de la butaca–. Justice tiene un rancho aproximadamente a una hora de aquí. Se levanta al alba todos los días para ir a ver cómo está su ganado, sus vallas y enterarse de qué tiempo va a hacer. Como si el tiempo cambiara tanto en el sur de California. Nuestro primo también tiene un rancho, algo más al norte. Cría caballos. Justice tiene ganado criado con productos orgánicos. Tiene cultivados enormes campos de heno. Trabaja dos veces más duro que ninguno de sus vaqueros y no sabría cómo es ser mimado ni aunque alguien le pagara para intentarlo.

Bella frunció el ceño.

–¿Y éste?

–Ah, ése es mi primo Travis. Es el que tiene la hermosa esposa a la que le encantan las esmeraldas –explicó. Entonces, señaló algunas fotografías más–. Éstos son sus hermanos, Jackson y Adam, con sus esposas, Casey y Gina. Ellos también tienen hijas. Dos niñas cada uno. Según me han dicho, Gina vuelve a estar embarazada. Éste es mi primo Rico y su hermano Nick en el hotel que Rico tiene en México. Y éstos son Nathan y Gareth en la boda de una tía. Sus hermanos Chance, Nash y Kieran son los tres que hay en esa fotografía y…

–¿Cuántos sois en total? –preguntó ella, sorprendida.

–Docenas y docenas. ¡Y probablemente muchos más que ni siquiera conozco! –exclamó Jesse, riendo–. No se le puede dar una patada a una piedra en California sin que salga un King.

–Es…

–¿Demasiado? –le preguntó él, sonriendo–. ¿Demasiados King?

–Es maravilloso –dijo ella, por fin, con la voz entrecortada.

Hacía un minuto se había sentido furiosa con él por haberse querido apropiar de su negocio, pero la ira había desaparecido, reemplazada por una enorme envidia. Ni siquiera se podía imaginar cómo sería tener una familia tan grande. De niña, había anhelado tener padres o, al menos, un hermano o hermana. Alguien a quien sentirse unida. Jesse era rico de verdad y ella se preguntaba si él sabía cuál era la verdadera riqueza de la familia King, que, según ella, no estaba en los bancos, sino en cada uno de los miembros de la familia.

–¿Te encuentras bien? –preguntó él. La sonrisa se le había borrado del rostro.

Ella asintió y señaló otra foto. No quería hablar de sí misma.

–¿Quién es ése?

–Mi hermano mayor, Jefferson. Él dirige King Studios. Hace películas y se mata trabajando porque no confía en que nadie se ocupe de los detalles.

–Entonces, ¿cuántos hermanos tienes? –susurró Bella. Hasta ella misma notaba el anhelo que había en su voz.

–Tres.

–Tres hermanos. Y tantos primos… ¿Y ése quién es? –preguntó–. ¿Es marine?

–Es mi hermano Jericho. Ése sí que es un tipo mimado y perezoso. Es sargento. No quería ser oficial. Dijo que prefería servir con los verdaderos marines. Ha estado ya dos veces en ultramar y está a punto de volver a marcharse.

Bella suspiró y miró a Jesse. Él no era lo que había esperado. Su familia no era lo que ella había esperado. Trabajadores rancheros. Marines. Además, aparentemente todos estaban tan unidos que para Jesse resultaba de lo más natural colgar sus fotos en su despacho.

Envidiaba ese vínculo. Vidas entrelazadas, lazos reforzados por años de amor. Se preguntó cómo sería tener tanto, saber que siempre habría alguien a quien acudir cuando lo necesitara.

–Bella, ¿te encuentras bien?

–Sí. Simplemente… me has sorprendido. Eso es todo.

–¿Por qué? ¿Porque tengo familia?

–No. Por lo mucho que los quieres.

–¿Te sorprende saber que quiero a mi familia?

–Jamás me pareciste… No importa.

–Bueno, pues si estas fotografías te han impresionado, deberías saber que aún tengo más.

–¿Más?

—Muchas más en mi casa. Aquí me he quedado sin espacio en la pared.

—Esto no es justo.

—¿El qué?

—Creía que te tenía etiquetado –admitió ella–. Que eras un ladrón de la vida moderna que avanzaba tomando lo que deseaba sin disculparse.

—Pues te equivocas. Claro que persigo lo que quiero y no dejo que nadie me detenga para conseguirlo.

Se acercó a ella hasta que lo único que los separó fue unos cuantos centímetros y la firme resolución de Bella.

Ella sintió cómo el calor emanaba del cuerpo de Jesse. Resultaba tan tentador dejarse llevar, permitirle que cerrara el espacio que los separaba para poder sentir por fin el alto y fuerte cuerpo de él contra el suyo… Los recuerdos de la única noche que habían pasado juntos seguían siendo demasiado vivos. Podía lanzarse sobre él, pero sabía que, si lo hacía, se perdería para siempre. Por eso, hizo lo único que era capaz de hacer. Dio un paso atrás, mental y físicamente.

Jesse suspiró.

—No tienes que tener miedo de mí, Bella.

—No lo tengo. Sólo estoy siendo cauta.

—Ser cauteloso está bien. Sólo significa que uno se toma su tiempo, pero que, cuando se está seguro de dónde se va a poner el pie, se avanza sin vacilar.

Bella sabía de lo que él estaba hablando. No había mucho que leer entre líneas. Jesse la deseaba y ella lo deseaba también. ¿Qué le había reportado aquello? Una noche de gloria y tres años de tristeza. ¿Estaba de verdad preparada para enfrentarse de nuevo a esa clase de dolor?

Jesse King no era la clase de hombre de los que pensaban en el «para siempre». Y Bella no era la clase de mujer que se conformaba con algo temporal. Los dos no coincidirían nunca.

–¿Por qué no sales alguna vez a cenar conmigo?

–¿Cómo dices?

–A cenar. Ya sabes, se considera habitualmente la última comida del día.

–No sé si eso es buena idea.

–A mí me parece una idea genial –replicó él, cerrando de nuevo la distancia que los separaba–. Has recorrido mi empresa. Has visto que el lugar no es un taller clandestino. Mis empleados son felices y están bien pagados. Debo de ser un jefe bastante decente, ¿no te parece?

–Sí…

–Además, no resulta muy difícil pasar tiempo conmigo, ¿verdad?

–No…

–Por lo tanto, salimos a cenar. Charlamos…

–Jesse, sigo sin querer venderte mi negocio.

Jesse la interrumpió. Le colocó las manos en los hombros y dejó que ella sintiera cómo el calor de la piel traspasaba la suave tela de la camisa.

–En estos momentos no estoy hablando de negocios. Te deseo, Bella. Llevo tres años deseándote –susurró, dejando que su mirada la recorriera de la cabeza a los pies como si se tratara de una caricia–. Demonios, llevo tres años soñando contigo. Tú también me deseas. Lo noto cada vez que estamos juntos.

–Yo no siempre hago lo que quiero –le dijo. No hacía más que pensar que debía ser fuerte. Que no debía ceder, pero, desgraciadamente, su cuerpo no escuchaba.

–Deberías hacerlo, pero ya hablaremos de eso en otra ocasión. En estos momentos, tengo un trato que proponerte.

–¿Qué clase de trato? –preguntó ella con cautela.

–Uno muy sencillo. Perfecto para los dos. Tú crees que me conoces, ¿verdad?

–Demasiado bien.

–Sí. Bueno, yo creo que te equivocas y estoy dispuesto a apostarme algo en ello. Si consigo mostrarte algo sobre mí que te deje verdaderamente atónita, nos acostaremos juntos. Otra vez.

Esa palabra de cuatro letras, sexo, conjuraba en ella tantas emociones y necesidades que Bella casi no podía respirar debido al efecto estrangulador que le producía en los pulmones.

–Un momento...

–Vamos, Bella. Tú misma has dicho que sabes exactamente qué clase de hombre soy.

–Sí, pero... Con esto ya me has sorprendido –dijo ella señalando las fotos que había en la pared.

–Porque amo a mi familia –replicó él, como si no pudiera creer que algo así hubiera podido sorprenderla–. Sin embargo, yo no estoy hablando de sorpresa, sino de shock. Si te dejo atónita, tú te acuestas conmigo. Otra vez.

–Deja de decir «otra vez».

–No hay razón para fingir que te sientes insultada o algo así –observó él–. Ya nos hemos conocido físicamente en una ocasión. Lo único que te estoy diciendo es que sería realmente agradable volver a conocernos otra vez.

–Estoy segura de que lo estás haciendo a propósito. Para recordármelo.

–Tienes razón. ¿Y está funcionando?

Bella estuvo a punto de gritar que así era. Se sentía tan fuera de su elemento allí... Jesse King era un seductor de campeonato. Podía hacerlo en sueños, pero ella se sentía completamente perdida. No sabía entrar en el juego de la seducción. Su juego era más bien el de la sinceridad y la honradez. No obstante, decidió mirarlo a los ojos y no dejarle ver lo asustada que se encontraba. No quería que Jesse pensara que tenía miedo de aceptar el trato.

–Ya sé lo que saco de este trato si pierdo, pero, ¿qué consigo si gano?

Jesse frunció el ceño. Luego, sonrió.

–Si yo no consigo dejarte completamente atónita, y tú tienes que ser sincera al respecto, dejaré de insistir sobre lo de que me vendas tu negocio.

Vaya. Bella jamás se había imaginado algo así. Era demasiado fácil. Jesse la estaba contemplando con una sonrisa en los labios. Evidentemente, creía que podía ganar fácilmente aquella apuesta. ¿Acaso no le había dicho que los King jamás esperan perder?

Pensó en lo satisfactorio que le resultaría dejarlo en evidencia. Derrotarlo en el trato que él mismo le había propuesto. La oportunidad de algo así resultaba demasiado atractiva como para rechazarla. Además, estaba convencida de que él jamás podría dejarla atónita. Sabía exactamente quién era Jesse King.

–Está bien. Trato hecho.

–El viernes por la noche. La cena y la apuesta.

–Sí. El viernes –dijo ella. Entonces, levantó la barbilla y extendió la mano.

–¿Quieres que te estreche la mano?
–Sí, claro.
–Pues no.

De repente, agarró la mano que Bella le ofrecía y tiró de ella. La estrechó tan íntimamente contra su cuerpo que Bella pudo notar todo el contorno de su cuerpo, por no mencionar una parte en concreto que no dejaba duda alguna sobre cómo se sentía él en aquellos momentos. Bella levantó la mirada y contuvo el aliento al ver que él bajaba la cabeza. En el momento en el que sus labios se unieron, todo pareció detenerse a su alrededor. Definitivamente, ella dejó de respirar.

Lo más importante de todo fue que no le importó. Todas las células de su cuerpo parecieron cobrar vida. La sangre le palpitaba en las venas frenéticamente. Jesse la besó con un gesto duro y apasionado, que la hizo vibrar como si se tratara de unos fuegos artificiales sin control. Se sintió viva, expectante. Jesse enredó la lengua con la suya y la pasión se apoderó de ella, empujándola a una especie de espiral en la que nada era como debía ser y todo brillaba con nuevas posibilidades.

Jesse le dio un apetito que alimentó.

Le dio una pasión que prendió.

Le dio un deseo que nutrió.

Bella se aferró a él, apretándose contra su cuerpo, gozando con el contacto de la rígida prueba de su deseo. Mientras su cerebro se cerraba por completo, su cuerpo cantaba, ella sólo podía suplicar que Dios la ayudara si perdía el trato que los dos acababan de cerrar.

# *Capítulo Siete*

Durante los siguientes días, Bella trató de olvidarse de Jesse y del beso que los dos habían compartido, lo que no le resultó nada fácil. Demonios, la noche que pasó con él hacía ya tres años seguía aún fresca en su mente.

La ayudaba mantenerse activa. Eran los momentos de relax lo que más le fastidiaban. En el momento en el que el cerebro se relajaba, comenzaba a pensar en Jesse y el cuerpo no le andaba a la zaga.

A lo largo de los años, casi había podido convencerse de que los besos de Jesse no eran tan maravillosos como ella creía. Sin embargo, habían bastado unos segundos en su despacho para darse cuenta de que se estaba engañando. Aquel beso había sido tan maravilloso como los que Jesse le había dado tres años atrás. La piel aún le vibraba. Ya era viernes y había llegado el momento de poner a prueba su acuerdo. Aquella noche, iban a cenar juntos. Si él conseguía dejarla verdaderamente atónita, tendrían sexo de postre.

–¿Bella? –le preguntó una voz desde el probador. Bella agradeció profundamente la distracción.

–¿Necesitas algo?

Una rubia de ojos azules asomó la cabeza por encima de la puerta del probador y sonrió.

–Necesito una talla más pequeña del bañador plateado.

Bella se echó a reír.

–¿No te lo había dicho?

La mujer era una nueva clienta y, como todas las que acudían a su tienda por primera vez, no había creído a Bella cuando ésta le había dicho que sus bañadores le darían menos talla que los de las otras tiendas.

–No me lo puedo creer, pero sí, tenías razón.

–Volveré enseguida con una talla más pequeña.

–Madre mía, me encanta escuchar esas palabras –exclamó la mujer con una carcajada.

Bella pasó junto a tres otras clientas que estaban inspeccionando las perchas y se dirigió a la que correspondía a aquel bañador para encontrar una talla más pequeña. Inmediatamente, regresó al probador y se lo dio a su clienta. Entonces, regresó al mostrador.

Justo en aquel momento, la puerta se abrió. Bella esbozó inmediatamente una sonrisa, que se le borró del rostro al ver que se trataba de Jesse King. Él, que parecía estar por completo en su salsa, sonrió a las clientas y centró su atención en Bella.

Dios... Ella odiaba admitir lo que podía sentir con sólo verlo. Iba vestido con prendas de su línea de ropa deportiva. Tenía el cabello rubio revuelto por el viento. Las arrugas de expresión que tenía en torno a los ojos se profundizaron un poco más cuando sonrió.

–Buenos días, señoras –dijo. Entonces, se dirigió directamente hacia el lugar en el que se encontraba Bella.

–¡Dios mío! Es Jesse King –exclamó una de las mujeres. Inmediatamente después, siguió a la declaración una suave carcajada.

Naturalmente, él escuchó este comentario y profundizó aún más la sonrisa. «Genial», pensó Bella.

–Bella –dijo él, colocando las manos sobre la vitrina de cristal. Entonces, bajó el tono de voz–. Me alegro de volver a verte. ¿Me has echado de menos?

–No –replicó, cuando la realidad era bien distinta. Jesse se había mantenido alejado de ella durante tres días. Sin duda, lo había hecho deliberadamente para volverla loca. ¡Pues no estaba funcionando!

«Sé muy bien que no es así», se dijo.

Jesse sonrió como si supiera lo que ella estaba pensando.

–Te he echado de menos –susurró.

–Estoy segura de ello –replicó Bella–. ¿Has venido para decirme que te has echado para atrás en lo de la cena? –le preguntó, sin muchas esperanzas.

–¿Y por qué iba yo a hacer algo así cuando estoy decidido a llevarte donde tanto deseo verte? No. He venido para decirte que, si te parece bien, pasaré a recogerte a las siete.

–Oh, no tienes por qué hacer eso. Puedo reunirme contigo donde sea.

–¿En nuestra primera cita oficial? –replicó él–. No lo creo. Te recogeré en tu casa.

–Bien –accedió ella–. Te escribiré mi dirección.

–Oh, ya sé dónde vives.

–¿Qué? ¿Cómo? –preguntó. Entonces, recordó el contrato de arrendamiento.

–Hice todo lo posible por enterarme –respondió él. A continuación, se inclinó sobre ella por encima del mostrador y le plantó un rápido beso en la boca. Por último, le guiñó un ojo–. Bueno, nos vemos a las siete.

–De acuerdo. A las siete.
–¡Excelente! Hasta luego.

Bella estaba completamente segura de que oyó cómo sus clientas suspiraban. O tal vez había sido ella...

Jesse se dio la vuelta y les dedicó una deslumbrante sonrisa a las señoras que estaban en la tienda.

–Señoras...

Los suspiros velados comenzaron prácticamente en el momento en el que la puerta se cerró. Bella decidió no escuchar. En vez de eso, se enterró en su trabajo y trató de no pensar en la noche que le esperaba.

Jesse se marchó de la tienda de Bella y se dirigió a un pequeño café que había en una esquina cercana. El establecimiento contaba con una pequeña terraza desde la que se dominaba una hermosa vista de la playa, del muelle y de unos hombres que trabajaban para colgar un gran cartel en el que se leía *Exhibición de surf: venid a ver a los campeones*.

Lo de la exhibición había sido idea suya. Había decidido reunir a algunos de sus amigos para que todos pudieran divertirse en el océano. Al mismo tiempo, la exhibición supondría una importante publicidad para su empresa. Vendrían muchos turistas a la ciudad y gastarían mucho dinero en las tiendas.

No le gustaba admitirlo, pero echaba de menos la competición. La excitación de una reunión con expertos surfistas. No echaba de menos a la prensa o a los fotógrafos, aunque nada podía superar la excitación de una victoria.

Sonrió y se sentó en una de las mesas. Esperó a que una joven camarera llegara para atenderlo.

–Sólo un café, por favor –dijo Jesse.

–Por supuesto, señor King –respondió la chica muy dispuesta–. Va a participar usted en la exhibición de surf, ¿verdad?

–Así es.

–Es genial. ¡Me muero de ganas por verlos a todos en acción!

La joven rubia sonrió y se echó la coleta hacia atrás. Entonces, sacó pecho por si él no se había dado cuenta.

Jesse asintió con indiferencia. Claro que se había dado cuenta, pero no le interesaba. No hacía mucho tiempo, habría comenzado a flirtear con aquella joven y se habría aprovechado del brillo que relucía en los ojos de la camarera. La única mujer que a él le interesaba tenía otra clase de brillo en los ojos, el de la batalla. Lo más extraño de todo era que aquella clase de brillo lo atraída más que el de la descarada rubia.

La camarera sonrió esperanzada y desapareció en el interior del café. Jesse se quedó solo, a excepción de unos cuantos desconocidos que también estaban sentados en el café. Notó que uno le dedicaba una mirada de interés, pero no le prestó atención. El lado negativo de la fama era que uno jamás podía estar solo.

–Bueno –dijo una voz profunda a sus espaldas–. Creo que deberíamos hablar.

Jesse giró la cabeza y vio que se trataba de Kevin, el amigo de Bella. El recién llegado rodeó la mesa y fue a sentarse en la silla que quedaba enfrente de la de Jesse. Antes de que él tuviera oportunidad de hablar, llegó la camarera con el café de Jesse.

–Hola, Kevin –dijo ella–. ¿Lo de siempre?

–Sí, Tiff. Muchas gracias –respondió Kevin, aunque sin dejar de mirar a Jesse.

Cuando volvieron a quedarse solos, Jesse examinó a Kevin. Tenía el aspecto de un perro guardián, lo que hizo que Jesse se preguntara qué clase de amistad compartía con Bella. ¿Eran pareja? No le gustaba, pero era posible. Jesse jamás había creído en el hecho de que los hombres y las mujeres pudieran ser simplemente amigos. Sin embargo, al mismo tiempo, no creía que Bella fuera la clase de mujer que pudiera estar con un hombre y besar a otro. Entonces, ¿en qué situación dejaba todo eso al tal Kevin? ¿Qué interés tenía él en aquel asunto?

–¿De qué quieres hablar? –le preguntó Jesse, tratando de contener su irritación–. ¿Has venido a decirme que ya tienes esos pendientes de esmeralda?

–No. Vendrán la semana que viene. Se trata de Bella.

Por supuesto. Se lo había imaginado. Era mejor tener una pequeña charla con él y aclarar algunas cosas. Quería saber qué terreno pisaba él con Bella. No es que a Jesse le importara en lo más mínimo. Deseaba a Bella e iba a tenerla a cualquier precio. Sin embargo, resultaba bueno saber a cuántos hombres tendría que apartar para poder llegar hasta ella.

–Bien. Hablemos –dijo Jesse–. Empezaré yo. ¿Has venido a ahuyentarme? Te voy a ser muy sincero. No te va a servir de nada.

Antes de que Kevin pudiera responder, la rubia regresó con el café con nata que Kevin le había pedido.

–Gracias –murmuró él.

La rubia se marchó. Kevin tomó su taza y le dio un sorbo antes de volver a ponerla sobre la mesa.

-Sé que Bella te va a mandar a paseo si es eso lo que quiere. Así que ésa no es la razón de que yo esté aquí.

-Muy bien. ¿Entonces?

-Quiero saber qué está pasando contigo.

-¿Y por qué te interesa eso?

A Jesse no le gustaba cómo sonaba eso. No le gustaba que Kevin creyera que tenía derecho a defender a Bella de él. Entornó los ojos y apretó los dientes.

-Te preocupas por ella. ¿Para qué has venido? ¿Para convertirte en su caballero andante?

-¿Acaso necesita uno?

-Si lo necesitara, no creo que fueras tú.

-Es ahí donde te equivocas.

-¿Te has acostado alguna vez con ella? -le preguntó Jesse, sin rodeos.

-No.

-Bien. En ese caso, si no eres su amante, ni su esposo ni su padre, ¿a qué viene todo esto?

-Soy su amigo. Más que eso -replicó Kevin-. Somos familia.

-¿Es eso cierto?

-Sí. Ella se quedó bastante dolida hace tres años cuando tú te marchaste. No voy a consentir que le hagas otra vez lo mismo.

Jesse no era la clase de hombre que se autoexaminara con frecuencia. Normalmente, las mujeres con las que pasaba su tiempo buscaban tan sólo lo mismo que él, una tarde agradable. Sabía que Bella no pertenecía a esa categoría. Diablos, tal vez incluso lo había sabido entonces, instintivamente. Simplemente, no había querido reconocerlo.

-Normalmente, no acepto órdenes.

–Considéralo una sugerencia.
–Tampoco me gustan demasiado –dijo Jesse. Apoyó los codos sobre la mesa y observó a Kevin cuidadosamente. No había ira ni celos. Sólo preocupación. Tal vez, efectivamente, era simplemente el amigo de Bella. Si era así, no podía culparlo por querer protegerla. Sin embargo, ése sería a partir de aquel momento el trabajo de Jesse. Sería él quien la protegiera. Lo que había entre Bella y él no era asunto de nadie–. No te estoy pidiendo permiso para nada.

Sorprendentemente, Kevin se echó a reír.

–No, demonios, no. Hombre, Bella me mataría si supiera que estoy hablando contigo.

–Entonces, ¿por qué lo estás haciendo?

Kevin se puso de pie y dejó unas monedas al lado de la taza de su café.

–Bella no es la clase de mujer a la que tú estás acostumbrado. Es de verdad. Y, por lo tanto, se rompe.

Jesse se puso también de pie y deslizó un billete de diez dólares bajo la taza de su café.

–Yo no tengo intención alguna de romperla.

–Ése es el problema –dijo Kevin encogiéndose de hombros–. Un tipo como tú puede romper a una mujer sin ni siquiera tener intención.

Kevin se marchó y dejó a Jesse observándolo. ¿Qué había querido decir con eso de «un tipo como tú»? ¿Tan diferente era él de otros hombres? No lo creía. En cuanto a Bella... No tenía intención de hacerle daño y que lo asparan si lo hacía. Jesse la deseaba. Por lo tanto, la tendría.

\*\*\*

–Oh, por el amor de Dios, deja de mirarte al espejo –musitó Bella, mirándose al espejo y atusándose el cabello con las manos. Llevaba lista más de media hora y se había pasado todo ese tiempo mirándose y remirándose en el espejo.

El cabello estaba bien. Lo llevaba suelto y ondulado, cayéndole por la espalda. Se había puesto una falda negra, muy larga y una blusa roja de manga corta y profundo escote, que le dejaba ver la parte superior de los pechos. Se miró una vez más en el espejo y pensó seriamente en cambiársela.

Después de todo, Jesse era el principal responsable de que ella hubiera dejado de ponerse prendas ceñidas o sugerentes. ¿Acaso estaba tan loca como para meterse en la guarida del león con aspecto de ser una suculenta pieza de carne?

–Probablemente –respondió.

Entonces, lanzó un suspiro de impaciencia y salió del pequeño cuarto de baño. Ya estaba. No iba a volver a mirarse en el espejo ni iba a seguir preocupándose por el aspecto que tenía o por lo que llevaba puesto. A pesar de lo que Jesse le había dicho aquella tarde en la tienda, no se trataba de una cita, sino de tan sólo una cena. Y de una apuesta que ella no tenía intención de perder.

Se sobresaltó cuando sonó el timbre. Entonces, respiró profundamente y se dirigió a la puerta. No tardó mucho. Su casa era pequeña, pero le encantaba. Además, le tenía mucho cariño porque se trataba de la primera casa que era suya de verdad.

Miró a su alrededor para asegurarse de que todo estaba ordenado y abrió la puerta. Jesse estaba en el pequeño porche repleto de macetas que rebosaban de petunias, pensamientos y margaritas. Bella tuvo que contener la respiración al verlo.

Jesse tenía un aspecto... casi comestible.

El cabello, algo largo, le acariciaba suavemente el cuello de la camisa blanca. Lo llevaba abierto y dejaba al descubierto una pequeña porción de bronceado torso. Llevaba unos pantalones negros, zapatos del mismo color y una sonrisa que parecía estar diseñada para tentar a los ángeles del cielo.

—Estás muy guapa —dijo él mirando un segundo más de lo necesario el escote de la blusa—. ¿Lista?

Bella sintió que los nervios le atenazaban el estómago. Trató de convencerse de que lograría dominarlos. Sin embargo, con sólo mirar a Jesse, se dio cuenta de que aquella sensación sólo iba a empeorar. Lo único que tenía que hacer era mantenerse firme. Así no tendría problemas.

—Seguramente, no, pero vayámonos de todos modos.

Jesse sonrió.

—¡Así me gusta!

Bella sonrió también a pesar del cosquilleo que aún sentía en el estómago. Entonces, se dio la vuelta, tomó su bolso y sus llaves y salió al porche. Jesse cerró la puerta, le tomó de la mano y le dijo suavemente:

—Llevo tres años esperando esta noche.

La casa de Jesse era, naturalmente, maravillosa. Bella se lo había imaginado desde el momento en el que él había hecho entrar su deportivo por el camino de acceso a una mansión que parecía estar situada en lo alto de una colina.

Ésa fue también la primera sorpresa de la noche.

—¿Se trata de una casa «verde»? —preguntó mientras los dos se dirigían hacia la puerta.

—Sí. Tiene los suelos de bambú y las ventanas de cristal reciclado. Los constructores utilizaron hormigón, que proporciona mejor aislamiento, requiere menos acero y resulta más fácil de colocar como cimientos con menos impacto sobre la tierra. Además... ¿Qué ocurre?

Bella sacudía la cabeza. Simplemente no se lo podía creer. Jesse... era mucho más ecológico que ella.

La casa estaba diseñada para parecer una antigua vivienda de adobe de estilo español. Estaba rodeada por multitud de arbustos en flor y docenas de árboles. Sobre el tejado, había paneles solares. Unas amplias ventanas vigilaban el océano. Incluso la puerta principal tenía un aspecto rústico.

—No me lo puedo creer —susurró ella.

—¿Sorprendida? ¿Tal vez incluso atónita?

Bella levantó el rostro para mirarlo. Jesse la había engañado muy bien porque él tenía que saber que ella jamás se habría creído que él era tan consciente de los asuntos medioambientales. Jesse tenía la fama de destruir y cambiar, pero era él quien tenía los felpudos de las puertas de yute.

Dios.

Estaba metida en un buen lío.

—Me has tendido una trampa.

—La trampa te la has tendido tú, Bella —replicó él riendo mientras le abría la puerta y le franqueaba el acceso a la casa—. Diste por sentado que lo sabías todo sobre mí y estuviste dispuesta a apostar al respecto.

—Pero tú me lo permitiste —replicó ella, entrando

al interior de la casa. Dentro, resultaba aún más perfecta que fuera. Maldita sea.

–Sí, bueno, te lo permití.

–Me engañaste. Sabías que yo nunca esperaría algo así. Es decir, yo trato de hacer las cosas todo lo ecológicamente que puedo, pero esto es...

–¿Por qué estás tan sorprendida?

–¿Estás de broma? Tú eres el hombre que desgarró por completo el corazón del barrio comercial de la ciudad y le dio la personalidad de una piedra.

–Así son los negocios. Y, para que lo sepas, todos los materiales que utilizamos fueron verdes.

–¿Por qué? ¿Por qué te importa tanto?

–Soy surfista, Bella. Por supuesto que me interesa el medio ambiente. Quiero océanos y aire limpios. Simplemente, no doy publicidad a lo que hago.

–No. Lo ocultas.

–Eso no es cierto. Si te hubieras molestado en investigarme un poco más, habrías encontrado bastante información. La Fundación «Salvemos las olas» es mía. King Beach la financia.

Bella necesitaba sentarse. Lo miró fijamente, sorprendida e impresionada. ¿Cómo iba a poder reconciliar su imagen del depredador empresarial con aquel lado tan inesperado de Jesse King? ¿Sería posible que se hubiera equivocado sobre él? Si lo había hecho, ¿en qué otras cosas se había creado una imagen falda sobre él?

Miró a su alrededor. Suelos de bambú. Claraboyas en el techo que permitían que la luz de la luna iluminara el vestíbulo, lo que le daba a la casa entera un aspecto mágico. Estaba más que atónita. Se sentía encantada. Casi orgullosa. ¿Cómo podía ser tan ridícula?

Jesse la agarró por el brazo y la condujo por un largo y amplio pasillo.

–Vamos. Le he pedido al ama de llaves que sirva la cena en el jardín.

A ambos lados, las paredes encaladas estaban cubiertas de fotos familiares. Las miró de pasada, tratando de verlas todas. Sin embargo, le fue imposible. Había demasiadas.

–Ya te dije que tenía muchas más en casa. Te las mostraré todas después de cenar, si así lo deseas.

Cenar. Dado que él la había dejado completamente atónita, ella sería el postre. A menos que se echara atrás. Que huyera. Podía decirle que había cambiado de opinión. Seguramente se molestaría, pero no tenía ninguna duda de que la dejaría marchar.

–Estás pensando demasiado –dijo él.

–Me has dado muchas cosas sobre las que pensar.

–Sabía que tú te quedarías atónita, pero no puedo evitar preguntarme por qué.

Salieron a un patio con el suelo de baldosas. Al verlo, Bella sintió que se quedaba sin aliento.

La luna llena lucía en el cielo y se reflejaba sobre el mar, creando un camino plateado que parecía conducir a algún lugar maravilloso. Las estrellas brillaban en un cielo casi negro y la brisa del mar se acercaba suavemente hasta ellos, como si quisiera acariciarles la piel. Había una pequeña mesa redonda puesta con un mantel de fino lino, delicada porcelana y reluciente cristal. En el centro, había una botella de vino y las llamas de las velas ardían bajo la protección de delicadas pantallas.

–Vaya...

–Estoy completamente de acuerdo.

Bella se volvió a mirarlo y comprobó que Jesse la estaba mirando a ella. ¿Era todo aquello parte de su juego, su rutina para encandilar a las mujeres o era algo más? ¿Algo sólo para ella?

Ese pensamiento resultaba de lo más peligroso.

—Esto es muy hermoso —susurró ella, muy impresionada.

—Lo es —replicó él. Se acercó a la mesa y sirvió una copa de vino para cada uno—. Encontré este lugar la última vez que estuve en Morgan. La posición es maravillosa, pero yo quería algo más ecológico. Por eso, decidí reformarla.

—Parece que te gusta mucho lo de reformar edificios.

—No puedo evitarlo. Soy un manitas —bromeó.

Bella sintió que el estómago le daba un vuelco. Entonces, se paró a pensar en lo que él le había dicho.

—¿Compraste esta casa hace tres años?

—Sí —respondió él mientras se acercaba a Bella con las dos copas en las manos.

Ella aceptó la copa, dio un sorbo al vino y dijo:

—Entonces, estabas planeando desde siempre mudarte aquí.

—No siempre —dijo él—. En realidad, fue una reunión con una cierta mujer sobre una playa lo que me decidió a hacerlo.

Jesse conocía demasiado bien el arte de la seducción, las palabras exactas, los gestos adecuados. Bella sentía que se estaba rindiendo. Si hubiera tenido el más ligero retazo de sentido común, habría salido huyendo tan rápido como hubiera podido. Sin embargo, no quería hacerlo.

—¿Por qué haces así las cosas?

–¿Cómo –preguntó él.

–Hablarme como si estuvieras tratando de seducirme.

–Eso es precisamente lo que estoy haciendo. No lo he guardado precisamente en secreto.

–¿Por qué cumples con todas las reglas del juego? No tienes que halagarme ni flirtear conmigo. Ni ninguna de las cosas que haces normalmente para seducir a las mujeres. Ya sabes que yo también te deseo. Entonces, ¿por qué fingir que sientes por mí algo que no sientes?

Los rasgos de Jesse se quedaron completamente inmóviles. Bajo la luz de la luna, sus ojos azules relucían como si fueran de plata. Tensó la barbilla. La brisa le revolvía ligeramente el cabello.

–¿Y quién dice que no lo siento?

# *Capítulo Ocho*

Bella se volvió para mirarlo. Cuando su mirada se cruzó con la de él, sintió que todo su cuerpo vibraba silenciosamente. Jesse tenía una mirada salvaje en los ojos, que reflejaban pasión, deseo y algo más que ella no pudo identificar del todo. Sin embargo, fuera lo que fuera, Bella sintió que una emoción similar se despertaba en ella.

–¿Qué es lo que quieres de mí, Jesse?

Jesse se acercó a ella y dejó la copa sobre la mesa. Entonces, colocó las dos manos sobre los hombros de Bella.

–Esta noche, sólo te deseo a ti y no quiero que sea porque he ganado esta estúpida apuesta –susurró. Deslizó las manos hasta el rostro de ella y se lo enmarcó delicadamente–. Deseo que vengas a mi dormitorio porque tú también lo desees. Porque los dos necesitamos estar allí.

Bella se dio cuenta de que Jesse le estaba dando la oportunidad de echarse atrás. Sin embargo, no iba a hacerlo. En el momento en el que supo que Jesse había regresado a Morgan Beach, había sido consciente de que iban a terminar así. Que, al final, terminarían juntos una vez más, aunque sólo fuera por una noche. Además, si aquella noche iba a ser la única, estaba decidida a aprovecharla al máximo.

No iba a seguir escondiéndose de lo que sentía. No iba a fingir que lo odiaba. No iba a seguir mintiéndose. La sencilla verdad era que se había enamorado de él tres años atrás, cuando los dos hablaban de sus pasados, de sus futuros y compartían una sorprendente pasión bajo la luz de la luna.

No había deseado enamorarse de él. No lo había esperado nunca. Llevaba tres años tratando de esconderse de la verdad tras una cortina de odio porque estaba segura de que aquel sentimiento no iba a ir a ninguna parte. Los hombres como Jesse King no sentaban la cabeza y, si la sentaban, no se casaban con mujeres como Bella. Por lo tanto, había sido mucho más fácil decirse que lo odiaba antes que enfrentarse al hecho de que amaba a un hombre que jamás podía tener.

Ya había terminado con eso. Lo amaba, aunque jamás se lo confesaría. Iba a pasar otra noche con él, aunque eso fuera lo único que pudiera obtener.

Levantó las manos, le rodeó el cuello con los brazos y se puso de puntillas.

—Yo quiero estar aquí, Jesse. Contigo.

—Gracias a Dios —susurró él mientras inclinaba la cabeza para besarle los labios.

Bella sintió que el pensamiento se le hacía pedazos cuando él le separó los labios con la lengua para profundizar el beso, robándole el poco aliento que le quedaba y compartiendo el suyo. La lengua acariciaba suavemente la de Bella, enredándose juntas en una danza que ella llevaba tres años echando de menos. Ella extendió las manos sobre la ancha espalda y lo estrechó con fuerza contra sí para poder darle todo lo que tenía y aceptar todo lo que él le ofrecía.

Jesse la abrazó con fuerza, apretándola contra él

con una necesidad tan fiera que le inflamaba la suya propia. La levantó con facilidad entre sus brazos, haciendo que Bella se sintiera como la heroína de una película romántica. Dejó que él la condujera hasta una escalera. No le importaba adónde la llevara, siempre y cuando comenzara a besarla muy pronto.

Cuando finalmente se detuvo y la dejó sobre el suelo, Bella miró a su alrededor. Estaban en el que suponía que era el dormitorio de Jesse. Una enorme cama de bambú ocupaba la mayor parte del espacio. Sobre la cama había una claraboya que permitía que la luz de la luna cayera directamente sobre un edredón blanco y negro que parecía hecho a mano. Además, había una docena de cojines apilados contra el cabecero. Las ventanas proporcionaban una bella imagen del mar y permitían que la suave brisa marina ventilara la estancia.

–¿Te gusta? –le preguntó él.

–Claro que sí...

–Creo que también te gustará esto –dijo. Retiró el edredón y dejó al descubierto unas sábanas blancas–. Algodón reciclado.

Bella suspiró.

–Creo que acabo de tener un orgasmo.

Jesse se echó a reír.

–Todavía no, cielo, pero lo tendrás muy pronto. Te lo prometo.

–¿Los King siempre mantienen sus promesas?

–Efectivamente.

Jesse la estrechó contra su cuerpo de un modo que le provocó temblores de excitación a Bella por todo el cuerpo. Sentía cada firme centímetro de su cuerpo, lo que provocó que se olvidara de todo lo demás. Su negocio, su rivalidad con él, todo... Bella no quería pensar. Sólo deseaba sentir.

Y Jesse estaba completamente dispuesto a satisfacerla. Su beso se fue volviendo más apasionado, más frenético. Era como si no pudiera cansarse de su sabor. Bella le deslizó las manos por la espalda una y otra vez, sintiendo cómo flexionaba y tensaba los músculos tonificados por años de natación en el mar que tanto amaba. Jesse tenía los brazos como bandas de acero, que la estrechaban con fuerza. Cuando le agarró el trasero y la acercó aún más contra su cuerpo, ella sintió la inconfundible longitud del miembro viril que se erguía entre ellos.

Bella sintió que el cuerpo se le encendía. La temperatura comenzó a subirle mientras se humedecía y preparaba para él. Jesse pareció sentir lo que ella estaba experimentando porque le agarró el bajo de la camisa y le sacó ésta limpiamente por la cabeza. En cuestión de segundos, también le había despojado de la falda. Bella estaba de pie, delante de él, cubierta tan sólo por un sujetador de encaje blanco y unas braguitas del mismo color.

Le acarició el cuerpo, delineando sus curvas, cubriéndole los senos hasta que ella notó el calor de su piel a través de la delicada tela.

–Jesse...

–No me metas prisa –dijo él, con una sonrisa–. Llevo esperando demasiado tiempo esta oportunidad.

–No hay prisa, pero creo que las rodillas se me están deshaciendo.

–En ese caso, veamos lo que podemos hacer al respecto.

La condujo hacia la cama y la empujó ligeramente para que ella terminara cayendo sobre el colchón. Las sábanas eran suaves y tenían un tacto frío, mientras que las manos de Jesse, cálidas y firmes, no dejaban de acariciarla. Bella cerró los ojos para disfrutar más de las sensaciones. Estaba allí, en la cama de Jesse, dejando que él le acariciara. Sabía que, pasara lo que pasara entre ellos, nada podría arrebatarles la perfección de aquella noche.

Cuando sintió que Jesse se apartaba de ella, abrió los ojos y observó cómo él se desnudaba rápidamente. La luz de la luna iluminaba su cuerpo desnudo, lo que provocó que Bella pensara que jamás había visto nada tan hermoso. Sonrió.

—Acabo de recordar lo hermosa que estás a la luz de la luna —susurró él.

—Qué raro. Yo estaba pensando justamente lo mismo sobre ti.

—Los hombres no son hermosos, Bella.

—Tú sí.

—Ya hemos hablado bastante —le dijo Jesse. Entonces, se inclinó sobre ella.

En cuestión de segundos, le desabrochó el sujetador y le quitó las braguitas. Bella se retorció debajo de él, tratando de apretarse aún más contra él, de sentir cada centímetro de su cálido cuerpo.

Las manos de Jesse parecían estar en todas partes al mismo tiempo. Los senos, el vientre y la entrepierna de Bella vibraban bajos sus caricias. Unos hábiles dedos acariciaban el centro de su feminidad, haciendo que ella se retorciera de placer a medida que la necesidad se iba convirtiendo en una tormenta que amenazaba con engullirla.

Una y otra vez, Jesse la empujaba hacia la cima del

placer, pero evitaba que ella la alcanzara. Bella levantó las caderas hacia él, pero Jesse bajó la cabeza y le tomó primero un pezón entre los labios, que aspiró ávidamente hacia el interior de la boca. Labios, lengua y dientes estimulaban un pezón ya muy erotizado, haciendo que Bella gimiera de placer y le arañara la espalda mientras se retorcía de gozo debajo de Jesse. Ella levantó las manos para hundírselas en el cabello e inmovilizarle así la cabeza para que no pudiera apartarla de sus senos.

–Jesse...

–Pronto –prometió él.

Tendría que serlo o Bella se moriría de deseo. Sintió que el cuerpo se le tensaba un poco más. Sabía que ya no podría aguantar mucho más.

–Te necesito... Dentro de mí... Jesse, por favor...

Él levantó la cabeza, la miró fijamente y dejó que Bella comprobara en sus ojos que estaba sintiendo la misma pasión. Ella sintió que el corazón le daba un vuelco en el pecho y que algo salvaje y maravilloso se le iba extendiendo por las venas. Había mucho más que simple deseo. Había un vínculo íntimo entre ellos. Bella lo sentía. Lo conocía. Lo reconocía.

Jesse la besó una vez más, hundiéndole la lengua profundamente en la boca. Siguió acariciándola con los dedos, torturándola mientras se le colocaba entre las piernas.

Bella levantó las caderas a modo de invitación silenciosa. Cuando Jesse interrumpió el beso y la miró, ella se sintió la mujer más hermosa sobre la faz de la tierra. La observaba con tal anhelo que hacía que ella se sintiera poderosa, fuerte, arrebatadora.

Jesse le separó un poco más las piernas y le deslizó las manos por el interior de los muslos hasta que ella contuvo el aliento y susurró con voz entrecortada:

–Jesse, por favor...

–Sí –musitó él, hundiendo su cuerpo en ella con un largo y sensual movimiento–. Ahora...

Bella gruñó de placer cuando él la penetró, sintiendo que su cuerpo se estiraba para acomodarlo. Se quedó completamente inmóvil dentro de ella durante un largo instante. Bella se movió debajo de él, mostrándole así que estaba lista para él. Para todo lo que él quisiera darle.

Jesse observó cómo los ojos de ella se nublaban y sintió los latidos de su corazón rugiéndole contra el pecho cuando se inclinó sobre ella una vez más para besarle los senos. Su propio corazón le galopaba como un caballo desbocado en el cuerpo. Le resultaba imposible recuperar el aliento, pero no le importaba. Aquello era lo que estaba buscando desde hacía tres años. Aquella mujer. Aquel momento. Aquel vínculo.

Bella se movía sinuosamente debajo de él. Jesse decidió dejarse llevar y comenzó a moverse con ella con largos y firmes movimientos destinados para proporcionar el máximo placer, para avivarlo de tal modo que los dos ardieran en las llamas del orgasmo. Una y otra vez, la reclamaba con cada envite. Ella lo recibía de pleno, levantando las caderas para él y creando así un suave ritmo que él no había encontrado con ninguna otra mujer. Era como si sus cuerpos reconocieran fácilmente el sentimiento al que los dos se habían estado oponiendo. Se pertenecían el uno al otro. Encajaban.

Jesse le colocó las manos a ambos lados de la cabeza y miró aquellos maravillosos ojos color chocolate, que brillaban bajo la luz de la luna. Entonces, se entregó por completo. Sintió que se le tensaba el cuerpo y supo que el momento había llegado cuando Bella alcanzó su clímax y observó la magia en sus ojos. Sólo entonces, se permitió seguirla.

Cuando los últimos temblores de su cuerpo cesaron por fin, se dejó caer encima de ella. Sintió que Bella lo abrazaba y lo acurrucaba contra su pecho.

La noche pasó demasiado rápidamente. Jesse no parecía saciarse de ella. Hicieron el amor una y otra vez y cada ocasión fue mejor que la anterior. Alcanzaban juntos el orgasmo, dormían brevemente y volvían a hacer el amor. Por fin, sobre las dos de la mañana, se pusieron unos albornoces y bajaron a la cocina para dar cuenta por fin de la cena que el ama de llaves de Jesse les había dejado preparada. Ya estaba completamente fría, pero no les importó. Bebieron vino, cenaron y entonces, Bella fue el postre encima de la mesa de la cocina.

Jesse no podía apartar las manos de ella. Sabía lo diferente que era aquella experiencia para él. Jamás había querido que una mujer se quedara a pasar la noche con él. En el caso de Bella, no quería que se marchara. Nada cambiaría mientras la tuviera allí, en su casa. Cuando el mundo se interpusiera entre ellos, todo sería diferente.

Sin embargo, no pudo ignorar el amanecer. Él estaba acostumbrado a levantarse temprano. El hábito le venía de todos los años que pasó entrenando en el mar en las primeras horas del día. Por lo que a él se refería, el alba era la mejor parte del día.

Bella seguía durmiendo cuando él se levantó de la cama para hacer un poco de café. Su ama de llaves no llegaría hasta mediodía, por lo que el desayuno dependía de él. Sonrió al pensar que podía llevar a Bella una taza de café a la cama, para luego convencerla de que se diera una larga y cálida ducha con él.

Sin dejar de sonreír, apretó el botón que encendía la cafetera y se dirigió a la puerta principal. Salió al exterior, tomó el periódico del porche y regresó a la casa. Fue desplegando el periódico mientras entraba en la cocina.

Mientras esperaba que se hiciera el café, se reclinó contra la encimera y hojeó el delgado periódico local. Se detuvo en la página del editorial y lo dejó un instante para servirse la primera taza de café del día. Tomó un sorbo y examinó las cartas al editor en las que se contenían toda las quejas de los habitantes de Morgan Beach, desde los chicos que utilizaban su patinete en las calles o el hecho de que los perros no debían pasear por la playa.

–En las ciudades pequeñas como ésta siempre hay alguien que tiene algo que decir.

Entonces, una carta en concreto le llamó la atención. Frunció el ceño. Miró hacia arriba y, tras dejar el periódico un instante, sirvió dos tazas de café y se dirigió a su dormitorio. Bella seguía aún acurrucada bajo el edredón. Durante un instante, Jesse estuvo a punto de ignorar aquel estúpido periódico y de unirse de nuevo con ella en la cama.

Sacudió la cabeza y se sentó en el borde del colchón. Dejó el café sobre la mesilla de noche y comenzó a apartar el sedoso cabello del rostro de Bella.

–Bella, despierta...

–¿Qué? ¿Por qué –susurró ella mientras se colocaba la almohada sobre la cabeza y se hundía un poco más bajo el edredón.

Jesse le quitó la almohada y la dejó a un lado.

–Vamos, despiértate.

Bella abrió un ojo y lo miró con desaprobación.

–Jesse, pero si aún es de noche...

–Está amaneciendo y el periódico ha llegado ya. *El Semanario de Morgan Beach* –dijo él, observándola para ver qué reacción tenía ella.

–Me alegro –musitó. Entonces, comenzó a olisquear–. Huelo café.

–Te he traído una taza –dijo él.

Cuando Bella se hubo acomodado, le entregó una taza. Ella se había cubierto los senos con la sábana y tenía el cabello completamente revuelto. Estaba tan hermosa... Y parecía tan inocente...

Resultaba raro que Jesse jamás hubiera considerado la posibilidad de que ella pudiera estar trabajando en su contra. Debería haberlo hecho.

Bella dio un sorbo a la taza y trató de despejarse.

–¿Por qué estamos despiertos?

–Yo siempre me levanto muy temprano.

–Es una malísima costumbre, menos mala por el hecho de que, al menos, me has traído café –añadió, con una dulce sonrisa.

–Sí. Y material de lectura.

–¿Cómo? –preguntó ella. Entonces, se fijó en el periódico, que él había doblado para destacar una sección en concreto. Pasaron unos segundos antes de que lo comprendiera todo–. Oh, no...

–Oh sí. Tu carta al director ha salido publicada esta mañana.

–Jesse...

–Espera, quiero leerte mi parte favorita –dijo él concentrando su atención en la carta corta y al grano que Bella había escrito–. *«Morgan Beach está vendiendo su alma a un depredador empresarial a quien no le importa lo que nos pueda ocurrir a nosotros o a nuestros hogares mientras su empresa obtenga beneficios. Deberíamos unirnos y dejarle bien claro a Jesse King que no permitiremos que nos compre. No rendiremos nunca nuestra identidad. Morgan Beach existía mucho antes que Jesse King y seguirá existiendo mucho después de que él se canse de jugar a ser un miembro de nuestra comunidad».*

Bella cerró los ojos. Un gruñido se le escapó de la garganta. Entonces, se cubrió los ojos con una mano, como si no pudiera ni siquiera mirarlo. Tenía una expresión de tristeza total en el rostro. Al menos, Jesse se alegró de eso.

–Muy bonito –añadió, con el sarcasmo reflejado en la voz–. Me gusta en especial eso de «depredador empresarial». Parece que esa expresión te gusta. El resto es bastante bueno. Deberías ser escritora.

–Estaba enojada.

–¿Estabas? ¿Y ya no lo estás?

Bella subió la sábana un poco más y luego se mesó el cabello con una mano, apartándoselo así del rostro.

–No lo sé.

–Genial. No lo sabes.

Jesse se puso de pie y se dirigió a una de las ventanas. Se sentía como si le hubieran dado una patada en el vientre. Desde siempre había sabido que a Bella no le gustaba lo que él estaba haciendo en la ciudad, pero aquello era... Acababa de pasar la noche con él a pesar de que sabía que iba a dispararle de nuevo públicamente.

Recordó la noche anterior. ¿Cómo podía haberse mostrado tan ansiosa, tan dispuesta, si era eso lo que pensaba de él? Jesse se sentía utilizado. De repente, se dio cuenta de cómo se debían haber sentido todas las mujeres que habían pasado por su vida.

Miró el mar y trató de no escuchar el crujido que estaban haciendo las sábanas, que indicaba que ella se estaba levantando. Un instante después, ella se le unió junto a la ventana. Llevaba el edredón enrollado alrededor del cuerpo como si se tratara de una toga.

–Se me había olvidado que había escrito esa carta –dijo.

–Si eso es una disculpa, te has lucido –replicó él. Arrojó el periódico contra una silla y tomó un trago de su café.

–No es una disculpa. Cuando lo escribí sentía cada una de las palabras, por lo que no me voy a disculpar por eso.

–Genial –dijo Jesse mirándola–. ¿Decías en serio todo eso? ¿De verdad te parece que no me preocupa lo que le pueda ocurrir a esta ciudad?

–Jesse, cuando me mudé a este lugar, lo hice porque me encantaba. Yo nunca antes había tenido un verdadero hogar. Yo... crecí en hogares de acogida.

Bella lo dijo tan tranquilamente que él ni siquiera pudo decirle que lo sentía. Sin embargo, recordó la avidez con la que ella había contemplado sus fotografías familiares, cómo le había gustado el hecho de que fueran muchos miembros de familia. Entonces, pensó en lo que debía haber supuesto para ella crecer sola y no pudo evitar sentir compasión hacia ella. Inmediatamente, se sorprendió por el hecho de sentir tanto hacia ella. Decidió que debía experimentar odio, pero, si la miraba, todo parecía quedar atrás.

–Me encantaban los edificios de la calle Principal, el ritmo lento de una ciudad pequeña, las casas de la playa. La sensación de comunidad. Lo vi y supe que éste era mi lugar porque yo jamás había pertenecido a otro sitio. Me pasé el primer año acostumbrándome a la vida de la ciudad, encajando en este lugar. Cuando tú te mudaste aquí, empezaste a cambiarlo todo inmediatamente.

–Nada permanece siempre inalterable –dijo él.

–Supongo que no...

–Entonces, el cambio es malo, ¿es eso?

–No es malo. Simplemente es un cambio. A mí no me gustan los cambios. Me encanta esta ciudad. Me encantaba cómo era y me enfadó que tú...

–¿Comprara su alma? –dijo él, citando palabras del texto. Él jamás había tenido la intención de ser un depredador empresarial. Sin embargo, le había ocurrido. Había encontrado la paz en el cambio, incluso había empezado a disfrutar de su vida. Hasta que encontró a Bella. De repente, sentía que el éxito que había conseguido era sólo un fracaso disfrazado hábilmente.

Bella cerró los ojos.

–Lo siento. No tenía intención de hacerte daño. Bueno, supongo que eso era precisamente lo que deseaba, pero era antes...

–¿Antes de que te metieras en mi cama? –le espetó él–. Supongo que podría resultar algo vergonzoso atacar en público al mismo hombre con el que te estás acostando en privado.

–No es eso, Jesse. Creo que podría haberme equivocado sobre ti y que...

–¿Podrías? ¿Dices que podrías haberte equivocado? Demonios, Bella. Qué amable eres.

Con la mano que le quedaba libre, ella lo agarró por el brazo. Lo miró a los ojos y dijo:

–Me había equivocado sobre ti. Lo admito. Quería odiarte porque me resultaba más fácil así. Quería que te marcharas de Morgan Beach porque no quería volver a verte. Yo quería...

–¿Qué?

–Te quería a ti, Jesse. Te deseaba, pero no podía admitirlo ni siquiera conmigo misma.

–¿Y ahora sí lo admites? –susurró él mientras le acariciaba suavemente el cabello.

Deliberadamente, Bella soltó el edredón y dejó que éste cayera a sus pies. Se acercó a él y le deslizó las manos sobre el torso para engancharselas por último alrededor del cuello.

–Lo admito. Incluso estoy dispuesta a enviar una carta al periódico para retractarme si tú quieres.

Jesse sonrió. La irritación que había sentido al leer aquella carta en el periódico desapareció ante la perspectiva de volver a tenerla entre sus brazos.

–Creo que prefiero una disculpa más íntima.

–Oh, yo no me estoy disculpando –lo corrigió ella poniéndose de puntillas una vez más para volver a besarlo–. Simplemente estoy diciendo que estoy revisando mi opinión.

–¿Lo suficiente para considerar que Bella's Beachwear pase a formar parte de King Beach?

–Bueno, lo suficiente para considerarlo –susurró ella.

Jesse soltó una carcajada.
—Con eso me basta por el momento.
Entonces, la tomó entre sus brazos y la llevó a la cama para perderse una vez más en los maravillosos atributos de Bella.

# *Capítulo Nueve*

«Todo es diferente», pensó Bella. Desde la increíble noche que pasó con Jesse hacía unos pocos días, se habían visto a diario. Ella estaba en King Beach o él en su tienda para hablar de negocios. Jesse le había pedido consejo sobre cómo hacer que su ropa de baño fuera más ecológica y había escuchado atentamente sus opiniones. Iba a reunirse con tejedoras y costureras mientras seguía intentando que ella pasara a formar parte de King Beach.

Por primera vez, Bella sentía una cierta tentación. El éxito seguía sin interesarle cuando sólo tenía como objetivo el de ganar más dinero. Sin embargo, él la había engatusado con la posibilidad de llegar a las mujeres de todo el país con sus especiales trajes de baño y eso era algo que no podía descartar tan rápidamente. Con King Beach, ella podría encontrar la manera de que su pequeño negocio fuera viable a un nivel más importante sin perder por ello la calidad en la que Bella tanto insistía.

Más que todo esto, el hecho de estar con Jesse se estaba convirtiendo en la mejor parte de sus días. Y de sus noches. Pasaban juntos todas las noches. En la casa de él o en la de Bella. En la playa, recordando su primer encuentro. Bella se sentía plena. Se sentía... maravillosa.

Pero también estaba aterrorizada.

Estaba enamorada, pero sabía que su relación con Jesse no iba a terminar bien. A pesar de lo atento que él se mostraba con ella, Jesse King no era un hombre de los que sientan la cabeza. Tarde o temprano, se cansaría de lo que tenían y seguiría con su vida. Bella sabía que el dolor que sentiría sería tan fuerte que tal vez no pudiera recuperarse nunca.

Para protegerse, sabía que debía comenzar a apartarse de él. A mantener una distancia segura entre su corazón y Jesse. Sin embargo, tampoco podía privarse de lo que tenía en aquellos momentos para protegerse en un futuro. ¿No era mejor disfrutar de lo que tenía mientras contaba con ello? Ya habría tiempo de sufrir más tarde.

–Vuelves a pensar en él.

Ella parpadeó y miró a Kevin.

–¿Cómo lo sabes? –le preguntó, con una sonrisa.

–Estás babeando.

Rápidamente, ella levantó una mano y se la llevó a la boca. Entonces, hizo un gesto de recriminación a su amigo.

–Qué gracioso eres.

–Pareces feliz, Bella. Me alegra verte así.

–Soy feliz –admitió ella, pero su voz la delató.

–Pero...

–Pero no va a durar, Kevin. Uno de estos días, Jesse va a decidir que ha llegado el momento de seguir con su vida y no deseo que llegue ese instante.

–¿Cómo lo sabes? A mí me parece que está pasando mucho tiempo contigo–dijo él extendiendo la mano sobre la mesa en la que estaban almorzando para acariciarle suavemente la mano–. Un hombre no hace eso si no está interesado.

–Lo sé –replicó. Entonces, apartó su plato. Ya no tenía hambre–. Está interesado ahora, pero, ¿cuánto tiempo le va a durar?

–Venga ya, Bella –dijo Kevin sacudiendo la cabeza–. Tal vez deberías darle la oportunidad de que fastidie las cosas antes de castigarle por ello.

–Yo no le estoy castigando.

–Tal vez no, pero ya estás ensayando tu discurso de despedida.

–Simplemente me estoy preparando y cualquiera diría que mi mejor amigo lo aprobaría.

–Tu mejor amigo piensa que estás loca. En serio, cuando no lo tienes, estás triste. Cuando lo tienes, estás loca. Las mujeres están como una cabra.

–Gracias. ¿Le has contado a Traci tu teoría? –le preguntó Bella. Su novia, una modelo que trabajaba para una de las agencias más importantes de California, estaba viajando constantemente y, en esta ocasión, llevaba fuera de Morgan Beach casi cuatro semanas.

–Por supuesto. Ella dice que estoy equivocado. Como tú, pero las dos sois mujeres. No veis ciertas cosas.

–Vaya, vaya. Y si las mujeres estamos locas, ¿por qué queréis los hombres estar con nosotras?

Kevin sonrió.

–Bueno, ¿dónde está hoy tu príncipe azul? Hacía más de una semana que no almorzabas conmigo. Normalmente, lo sueles hacer con él.

–Dijo que tenía que reunirse con alguien. No me dijo con quién –dijo Bella, frunciendo ligeramente el ceño

–Por lo que, como es natural, tú estás pensando que se trata de otra mujer.

Bella abrió los ojos de par en par.
—Bueno, no lo había pensado. Hasta ahora.
Kevin suspiró.
—Anda, cómete tus brotes de alfalfa.


—Me está volviendo loco –dijo Jesse.
—Si quieres mi opinión, eso no es demasiado difícil –le dijo Justice King a su hermano mejor mientras aplicaba los alicates al alambre de espino que estaba colocando en una valla.
—Muy amable, gracias.

Jesse se metió las manos en los bolsillos y contempló las suaves colinas y los campos que rodeaban el rancho de su hermano. Soplaba un viento frío y el sol vertía sus rayos a pesar de un cielo cuajado de nubes grises. Parecía que el verano se iba a despedir con una tormenta.

Había hecho el viaje de dos horas que se tardaba en ir al rancho de su hermano en una hora y media. A pesar de que le habían puesto una multa por exceso de velocidad, había merecido la pena. Tenía que salir de Morgan Beach. Necesitaba distanciarse de Bella y aclararse la cabeza, Conducir a toda velocidad era el mejor modo de conseguirlo.

No hacía más que decirse que la estaba viendo demasiado. Todos los días. Todas las noches. Se estaba convirtiendo en una parte de él y amenazaba con introducirse demasiado en su vida, tanto que llegara el momento en el que él no supiera desprenderse de ella. Cuando estaba a su lado, no paraba de tocarla. Cuando no lo estaba, no hacía más que pensar en ella.

¿Qué demonios le estaba ocurriendo a su vida?

–Esto es muy serio, Justice. Se está metiendo en mi vida y yo se lo estoy consintiendo.

–Tal vez sea bueno –replicó Justice mientras seguía trabajando en su valla–. Tal vez te has cansado ya de tener una mujer nueva todas las semanas y estás preparado para algo diferente. Más permanente.

–Espera un momento, nadie ha dicho nada de permanente.

–Madre mía, pero si te has puesto pálido –comentó Justice, riendo. Regresó a su furgoneta y dejó las herramientas en la parte trasera–. Me alegra verlo.

–Sí, porque a ti te ha salido muy bien.

Inmediatamente, la sonrisa de Justice se le borró del rostro.

–Lo que ocurrió entre Maggie y yo no tiene nada que ver con esto.

–Claro, podemos hablar de mí, pero no de Maggie –comentó Jesse mientras le daba una patada a la tierra.

–Has sido tú el que ha venido a verme, ¿lo recuerdas, Jesse? Si estás teniendo problemas con una mujer, son tus problemas, no los míos.

–Bien. Olvídalo. Y sigue con la boca cerrada sobre tus asuntos.

Justice jamás le había contado a nadie qué era lo que había ocurrido entre Maggie Ryan, su esposa, y él. Toda la familia adoraba a Maggie, pero un día, Justice y ella decidieron separarse sin que ninguno de los dos ofreciera explicación alguna.

De eso había pasado un año y Justice seguía completamente mudo sobre el asunto.

–Mira, tú eres el único de los hermanos que ha estado casado –le dijo Jesse después de un minuto–. ¿A quién si no debería preguntar?

–Prueba con Travis. O con Jackson. O incluso con Adam –replicó Justice mencionando a sus tres primos, que llevaban felizmente casados un par de años.

–No están por aquí. Tú sí.

–Qué suerte tengo.

–¿Cómo diablos puede un hombre acostumbrarse a tener una sola mujer en su vida? –le preguntó Jesse–. Yo nunca lo he hecho antes. Jamás he tenido una novia formal. Ni la he querido. Me gustan las relaciones sin ataduras, ya lo sabes.

–Pues no tengas ataduras.

–Bella no es esa clase de mujer. Ella tiene ataduras por todas partes y yo no hago más que enredarme en ellas.

–¿No las quieres? Córtalas y sigue con tu vida. Punto final.

Jesse miró a su hermano y suspiró. Sabía que Justice tenía razón, pero...

–Ése es el problema –dijo–. Por primera vez en mi vida, no sé si quiero seguir con mi vida.

La exhibición de surf había atraído a una gran cantidad de público. Espectadores de todo el Estado se habían reunido allí, en Morgan Beach, para contemplar un espectáculo que, hasta el momento, había merecido la pena.

Algunos de los mejores surfistas del mundo estaban cabalgando las olas. Parecía que no hacían esfuerzo alguno mientras se deslizaban por la superficie del agua o mientras avanzaban por un túnel de agua.

El día estaba algo nublado, pero cuando el sol salía, se reflejaba sobre la superficie del agua como si fuera un potente foco. El olor a cerveza y perritos calientes lo inundaba todo mientras las gaviotas chillaban a modo de acompañamiento. La exhibición estaba demostrando ser un modo fantástico de despedir el verano y, sin ninguna duda, todos los espectadores terminarían visitando las tiendas cuando terminara la fiesta. Por el momento, Bella tenía su tienda cerrada para poder disfrutar del espectáculo. Y de Jesse.

Tenía un asiento magnífico en las gradas que se habían instalado en la arena para la ocasión. No estaba sola. A su lado se encontraban Jackson, el primo de Jesse, y su esposa Casey. Iban acompañados de sus hijas Mia y Molly. En realidad habían ido a California para visitar Disneyland, pero no habían podido resistirse a ver a Jesse cabalgando las olas.

–Es muy bueno, ¿verdad? –comentó Casey mientras observaba cómo Jesse maniobraba su tabla sobre las olas.

Todo el mundo aplaudió efusivamente. Bella sonrió. Estaba muy emocionada por poder ver cómo Jesse hacía lo que mejor se le daba. Tenía tanta gracia y estilo que eclipsaba a todos los demás surfistas. Todo el mundo parecía pensar lo mismo.

–Es muy bueno –repitió Bella. No podía apartar los ojos del hombre que se había convertido en una parte tan importante de su vida. No se podía creer lo maravillosa que era su existencia. Con cada momento que pasaba junto a Jesse, más se enamoraba de él. Lo único que le preocupaba era que no sabía lo que él sentía. ¿Compartía Jesse sus sentimientos o la relación que había entre ellos era para él una simple aventura de la que terminaría cansándose? Si era esto último, ¿cómo iba ella a conseguir superarlo?

Cerró los ojos y se dijo que no debía preocuparse al respecto. Debía disfrutar el momento. Estaba reuniendo tantos recuerdos que su corazón quedaría completamente lleno de ellos.

–Claro que lo es –afirmó Jackson–. Es un King, ¿no? Molly, cariño, no te comas el papel.

–¿El papel? –preguntó Casey centrando su atención inmediatamente en su hija pequeña–. ¿Qué papel?

–Nada. No te preocupes –le dijo Jackson–. Son fibras naturales.

Bella se echó a reír. Casey suspiró y le quitó a su esposo a la hija de ambos para colocársela en el regazo.

–Madre mía, Jackson...

–No le dije que se comiera el papel en el que venía la galleta, ¿verdad, Mia? –le dijo a su otra hija mientras le hacía cosquillas. Bella suspiró.

El primo de Jesse y su familia habían llegado a la ciudad la noche anterior y, desde entonces, todos se lo habían pasado estupendamente juntos. Jesse era una persona completamente diferente cuando estaba con las dos niñas. Evidentemente, las dos lo adoraban y él estaba loco por ellas. Al verlo con las hijas de Jackson, Bella no había podido evitar que un sentimiento peligrosamente maternal se despertara dentro de ella. Se preguntó cómo sería convertirse en la esposa de Jesse. Ser la madre de sus hijos. Sentir la calidez que la rodeaba en aquellos momentos durante el resto de su vida.

Sin embargo, la verdad era que, por mucho que lo

amara, por mucho que lo deseara, no estaba segura de que él sintiera lo mismo hacia ella. Sí, era un maravilloso amante, pero ¿era algo más? Le habría gustado saberlo.

–¿Dónde está el tío Jesse? –preguntó Mia mientras se ponía de pie sobre el regazo de su padre para mirar el mar.

–Ahí –le indicó Bella señalando el surfista que estaba esperando la siguiente ola–. ¿Lo ves? Cuando venga la siguiente ola, se pondrá de pie y cabalgará sobre ella hasta llegar a la playa.

–¿Y puedo yo hacerlo? –le preguntó Mia.

–Claro –respondió su padre–. Cuando tengas treinta años.

Casey le guiñó un ojo a Bella.

–Es un padre demasiado protector –le dijo.

–A mí me parece muy bonito –respondió ella.

–A mí también –admitió Casey–. Sus hermanos y él protegen a sus hijos como si fueran perros de presa. Realmente es sorprendente. Cuando los niños están todos juntos, ver a todos los hermanos cuidando de ellos resulta increíble.

–Te aseguro que es muy estresante –dijo Jackson.

–A mí me parece maravilloso –comentó Bella sonriendo, pero Casey la miró con compasión.

Se acercó a ella y le susurró:

–Enamorarse de un King no es fácil, Bella. Te vuelven loca si se lo permites, pero te prometo que merece la pena.

Bella asintió, pero no pudo evitar pensar que merecería la pena si el King en cuestión correspondía los sentimientos que se le profesaban. Si no era así, resultaría una tortura.

–¡Ahí va! –exclamó Mia mientras saltaba de emoción sobre las piernas de su padre y señalaba muy emocionada a Jesse.

Bella apartó sus pensamientos y centró su atención en la última ola que Jesse iba a cabalgar ese día. Fue una demostración perfecta. Cuando llegó a la playa, vio cómo cientos de mujeres en biquini iban corriendo hacia él. Todas trataban desesperadamente de captar su atención. Sin embargo, él pasó corriendo al lado de todas ellas como si no las hubiera visto. Bella contuvo el aliento al ver que se dirigía directamente a ella. El corazón comenzó a latirle con fuerza en el pecho cuando vio que él dejaba la tabla delante de ella y le preguntaba:

–¿Qué tal lo he hecho?

–¡Genial! –gritó Jackson. Cuando su esposa le dio un buen codazo en las costillas, la miró muy sorprendido–. ¡Eh! ¿A qué ha venido eso?

–No estaba hablando contigo –le dijo Casey.

Jesse sonrió.

–Tiene razón, Jackson –dijo–. Bella, ¿cómo lo he hecho?

–Estuviste maravilloso –respondió ella. Era consciente de que todo el mundo los estaba observando.

–Eso es lo que me gusta escuchar. Ahora, necesito mi premio.

–Hoy no hay trofeos, ¿es que no te acuerdas? –respondió Bella, riendo.

–¿Y quién está hablando de un trofeo? –preguntó Jesse. La hizo levantarse de su asiento y la tomó entre sus brazos–. Ésta es la única recompensa que me interesa.

La besó larga y profundamente, con un gesto tan

romántico que todos los presentes comenzaron a lanzar vítores de aprobación.

Vagamente, Bella escuchó los aplausos y los clics de las cámaras. No le importó. ¿Cómo le iba a importar cuando los brazos de Jesse la rodeaban mientras la besaba? Sintió que la electricidad le recorría todo el cuerpo.

Había ido a buscarla. La había besado delante de todo el mundo. Por primera vez en su vida, Bella se sintió como una princesa. Como si importara de verdad. El corazón le dio un vuelco en el pecho. Se sintió más enamorada que nunca, algo que jamás hubiera creído posible.

Por fin, después de lo que le pareció una eternidad, Jesse rompió el beso y levantó la cabeza para mirarla a los ojos. A Bella le pareció ver... amor brillando en ellos.

Entonces, él sonrió. El momento pasó y ella no pudo ya estar segura de que hubiera pasado realmente. Inmediatamente, los espectadores los rodearon para felicitar a Jesse por su victoria. Él rodeó los hombros de Bella con un brazo y la mantuvo a su lado.

¿La amaba? No lo sabía, pero el sol brillaba. Jesse la tenía abrazada y, por el momento, esto le resultaba del todo suficiente.


Más tarde, en casa de Bella, los dos estaban sentados en el primer escalón del porche, observando cómo las nubes ocultaban la luna y oscurecían así aún más la noche. Desde la casa de su vecina, la señora Clayton, se escuchaba un concurso de televisión que estaban poniendo en aquellos momentos. Por el contrario, la casa de Kevin estaba sumida en el más absoluto silencio.

Jesse respiró el aroma de los crisantemos, que ya siempre asociaría con Bella, y le rodeó a ella los hombros con un brazo. Ésta se reclinó sobre él y le apoyó la cabeza sobre el hombro.

–Ha sido un buen día...

–Sí –afirmó ella–. Estuviste sorprendente en el agua.

–No está nada mal para un depredador empresarial, ¿verdad?

–No vas a dejar que me olvide nunca de eso.

–No. Creo que eso vale al menos seis meses de meterme contigo.

–¿Seis meses?

–Por lo menos.

–Entonces, ¿crees que seguiremos juntos dentro de ese tiempo? –le preguntó ella.

–Bueno, sí. ¿Por qué no íbamos a estarlo?

Ella echó la cabeza hacia atrás y le miró el rostro.

–Simplemente no sabía lo que sentías. Lo que esperabas.

–No espero nada, Bella. Nos va bien juntos, ¿no?

–Sí.

–El sexo es genial.

–Sí –dijo ella, con una sonrisa.

–En ese caso, ya está –concluyó él. Era tal y como le había dicho a Justice. Le gustaba el hombre que era al lado de Bella. Sin embargo, sentía que ella dudaba y sabía que había vuelto a pensar demasiado. Estaba tratando de crear un plan. O de ver el futuro–. ¿Por qué deberíamos poner una etiqueta temporal a lo nuestro o definirlo de algún modo? Mira, nadie sabe lo que va a pasar de un día a otro, y mucho menos dentro de seis meses. Sin embargo, aquí, esta noche, no me imagino en ningún otro lugar.

Aquello era lo más cerca que había estado de decirle a una mujer que no quería perderla.

Ella lo miró durante un largo instante y sonrió.

–Yo tampoco.

Jesse sonrió también. Problema resuelto. Al menos por el momento

Bella cambió de tema de repente. Jesse se preguntó si lo habría hecho a propósito.

–Me han caído muy bien tu primo y su familia.

–Sí. Siempre resulta muy agradable verlos a ellos y a las niñas.

–Te envidio por ello.

–¿Cómo dices? –le preguntó. Le dio un beso en la coronilla, animándola a seguir con aquel sencillo gesto.

–Tu familia. Estáis todos tan unidos... Además, a ti se te daban tan bien esas niñas.

–Son estupendas. No resulta difícil divertirse con ellas.

–Eso es cierto, pero muchos hombres no se molestarían en sentarse en el suelo con ellas para montarlas a caballito durante más de una hora.

Jesse se echó a reír. Al ver que ella se limitaba a mirarlo, la sonrisa le desapareció rápidamente de los labios.

–¿Qué ocurre?

–He estado pensando mucho últimamente.

–Bien –susurró.

Ella tenía una expresión seria en el rostro, casi solemne. Jesse se preparó mentalmente para lo que pudiera acaecerle.

–Y he llegado a la conclusión de que no eres el hombre que yo creía que eras al principio.
–Me alegro de saberlo –afirmó Jesse con una sonrisa.
–Hay más. Jesse, ya sabes que yo nunca tuve deseos de expandir mi negocio.
–Sí. Me lo dejaste muy claro desde el principio.
–Bien. Pues he cambiado de opinión.
–¿Cómo?
Eso sorprendió tanto a Jesse que no pudo evitar preguntarse si alguna vez podría entender a Bella. La observó, tratando de determinar sus sentimientos, pero ella estaba ocultando demasiado bien lo que pensaba.

Finalmente, sonrió, levantó la mano y acarició suavemente la mejilla de Jesse.

–He decidido unirme a King Beach. Me has convencido de que puedo confiar en ti, Jesse. Creo que juntos podremos hacer cosas maravillosas.

Jesse le tomó una mano y se la apretó con fuerza. Resultaba muy extraño, pero, durante las dos últimas semanas, se había olvidado por completo de la posibilidad de que King Beach absorbiera la empresa de Bella. Se había centrado demasiado en metérsela en la cama. El hecho de que ella realizara el anuncio tan inesperadamente lo dejó completamente atónito.

Se sentía muy emocionado. Llevaba semanas intentando que ella se atuviera a razones. Sin embargo, ahora que por fin había conseguido sus propósitos, se sentía algo... inquieto. ¿Por qué? Había comprado muchas empresas antes, pero para Bella, la situación hablaba por sí sola. Confiaba en él para que no arruinara con su trabajo lo que ella tanto amaba.

–No te arrepentirás, Bella.
–Lo sé. Creo en ti, Jesse.

De repente, una inesperada sensación de preocupación asaltó a Jesse. La apartó inmediatamente. Esto era lo que él había querido y lo había hecho mejor de lo que pensaba. No sólo tenía un negocio nuevo como parte de su empresa, sino que tenía a Bella.

¿Qué podía ir mal?

Tres días después de la exhibición, la vida había regresado a la normalidad en Morgan Beach. Excepto una cosa.

Jesse se sentía nervioso. No era normal. Al menos para él.

Le preocupaba su relación con Bella cuando por fin habían decidido comenzar a hacer negocios juntos. ¿Y si descubriría que él había planeado seducirla sólo para hacerse con todo? Se sentiría dolida, enojada. No había esperado que este hecho le importara, pero así era.

Además, no podía soportar la perspectiva de perderla.

Sin embargo, mucho menos podía soportar la idea de estar ocultándole la verdad. Hacía mucho tiempo, había aprendido que los secretos salen a la luz tarde o temprano, cuando uno menos lo espera.

¿Qué demonios estaba él sintiendo en aquellos momentos? Bella había sabido llegarle al corazón. De hecho, Jesse ni siquiera se había imaginado nunca que sería capaz de sentir lo que estaba experimentando hacia ella. Jamás se había creído capaz.

Durante años, se había mantenido al margen de

las relaciones que tenían visos de convertirse en algo permanente. Con mucho cuidado y deliberación, sólo salía con las mujeres a las que les interesaba exclusivamente divertirse. Las que pensaban más en el futuro quedaban estrictamente fuera.

Entonces, ¿cómo diablos le había ocurrido a él algo así? ¿Qué era lo que iba a hacer al respecto?

Llevaba tres días manteniéndose alejado de Bella, tratando de comprender lo que sentía y lo que quería hacer al respecto. Aquel juego era completamente nuevo para él. Nunca antes había contemplado siquiera el futuro al lado de una mujer. Jamás lo había deseado. Sin embargo, en aquellos momentos, no podía imaginarse el resto de su vida sin Bella a su lado.

Dios sabía que no había querido implicarse tanto. Principalmente, había querido que Bella le demostrara algo a Nick Acona. En aquellos momentos, ya no sabía cómo controlar el asunto.

Se levantó de su escritorio y se dirigió a la ventana. Parecía que se estaba formando una tormenta, un tiempo meteorológico que encajaba perfectamente con su estado de ánimo. Jesse jamás se había considerado de los que se casan, pero Bella sí era de las mujeres que pensaban en el matrimonio. ¿Dónde les dejaba esto exactamente?

El matrimonio de sus padres no había ido nada bien, dado que su progenitor siempre estaba concentrado en su trabajo, y lo mismo le había ocurrido al de su hermano Justice, aunque en este caso nadie sabía por qué. ¿Cómo se suponía que podría él conseguir que funcionara?

–¿Señor King?
–¿Sí? –preguntó. Miró por encima del hombro,

algo molesto por la interrupción. Vio que era Dave Michaels quien entraba en su despacho–. ¿De qué se trata, Dave?

–Tengo preparados ya todos los documentos para que Bella los revise y los firme.

–Muy bien. Déjalos sobre mi escritorio, ¿quieres?

Volvió a centrarse en la vista. Había convencido a Bella para que se uniera a él en los negocios. Para que confiara en él. En aquellos momentos, Jesse no podía dejar de sentirse culpable al respecto. Sin embargo, había ganado. Aquél había sido exactamente su plan: seducirla y persuadirla para que se uniera a su empresa. Todo había salido de acuerdo con sus planes. La había convencido para que compartiera con él lo más importante de su vida.

El único problema era que, mientras la seducía, él mismo había quedado atrapado, tal vez porque, en realidad, no quería estar libre.

Se mesó el cabello con una mano. Decidió que su vida había sido mucho menos complicada antes de instalarse en Morgan Beach.

Tenía dos clientas nuevas en su tienda, un nuevo pedido a punto de llegar y una bonita suma en el banco gracias a las ventas que había hecho el día de la exhibición de surf.

Entonces, ¿por qué no estaba más feliz?

Frunció el ceño y comenzó a colocar los nuevos bañadores en sus perchas. Conocía perfectamente la respuesta a esa pregunta: no había vuelto a ver a Jesse desde el día en el que accedió unirse a King Beach.

Por supuesto, había hablado con él por teléfono

en varias ocasiones. Estaba muy ocupado. Tenía reuniones. Decisiones que tomar. Papeles que redactar. Le había dicho todo lo que debía decir y, cuando estaba hablando con él, todo tenía sentido. Las dudas empezaban cuando se quedaba a solas.

Si él sentía lo mismo que ella, ¿por qué se mantenía alejado de ella?

Sacudió la cabeza y trató de deshacerse de ciertos incómodos pensamientos en los que, cada uno, era peor que el anterior.

«Tiene lo que quería y ya no me necesita». Sacudió la cabeza. No le gustaba eso en absoluto.

«Seducirme siempre ha formado parte del plan, para bajar mis defensas y adueñarse de mi empresa». Éste le gustaba menos todavía. Era imposible que hubiera estado fingiendo. ¿Sería posible que fuera tan buen actor?

No le gustaba estar allí sin hacer nada. Decidió que, lo mejor que podía hacer era ir a verlo y preguntarle qué era lo que estaba pasando. Eran socios, ¿no? En los negocios y en la vida. Si tenía preguntas, tendría que preguntárselas a Jesse. Después de todo, tal vez aquello no tuviera nada que ver con ella. Podría ser un problema familiar. Tal vez ella, podría echarle una mano.

Decidió que, en cuanto se marcharan sus clientas, iría a ver a Jesse para hablar con él.

En aquel momento, la puerta de la tienda se abrió. Bella levantó la mirada para ver de quién se trataba y vio que un hombre ataviado de traje y chaleco se acercaba al mostrador.

—¿Bella Cruz?

—Sí. ¿En qué puedo ayudarlo?

–Me dan dado instrucciones para que le entregue esto –dijo, sacándose un sobre del bolsillo interior de la americana que llevaba puesta–. Que tenga un buen día.

Con eso, el desconocido se marchó. Bella abrió el sobre inmediatamente y sacó una hoja de papel doblado que había en su interior. Lo leyó. Volvió a leerlo.

Sintió que la sangre se le helaba en las venas y que un agudo dolor le atenazaba con fuerza el estómago. Las letras de la página se le borraron a medida que los ojos se le fueron llenando de lágrimas. Parpadeó para secárselas con determinación. No iba a llorar.

Aquello no podía ser verdad. No podía apartar la mirada de una serie de palabras en cuestión. Tenía que haber un error. Sin embargo, la lógica lo explicaba todo perfectamente. La razón por la que Jesse había estado evitándola, por ejemplo. La traición fue alojándosele en el corazón hasta que decidió que estaba a punto de explotar.

Se había preguntado qué estaba pasando. Ya lo sabía. Sin embargo, no podía hacer nada al respecto hasta que sus clientas hubieran abandonado la tienda. Con ese pensamiento en mente, se colocó una buena sonrisa en los labios. Por lo tanto, cuanto antes las ayudara a encontrar lo que habían ido a buscar, antes podría ella enfrentarse a Jesse.

Si él había creído que podría desaparecer así por las buenas, estaba muy equivocado.

Estaba a punto de averiguar lo que Bella pensaba de él.

# *Capítulo Diez*

Una hora más tarde, Jesse frunció el ceño al oír que alguien llamaba a la puerta de su despacho. Antes de que pudiera dar su permiso para que quien allí estuviera entrara, la puerta se abrió. Dave Michaels asomó la cabeza. Parecía preocupado.
–Jefe, hay un problema.
–¿De qué se trata?
–Oh –dijo Bella. Empujó a Dave a un lado y entró en el despacho sin más preámbulos–. Hay más de un problema.

La expresión del rostro de Dave pasó de reflejar preocupación a pánico. Sin embargo, Jesse no se percató porque toda su atención se centraba en la furiosa mujer que acababa de entrar en su despacho. Los ojos de Bella brillaban como señales de peligro y su rostro estaba completamente tenso. Prácticamente vibraba de ira.

–Gracias, Dave –le dijo Jesse–. Puedes irte. Ya me ocupo yo.

Agradecido de verse relevado de la situación, Dave dio un paso atrás y cerró la puerta.

Jesse, por su parte, se puso de pie y se acercó a Bella. Al ver que trataba de tocarla, ella dio un paso atrás y levantó una mano para impedírselo.

–Ni siquiera te acerques a mí, canalla.

–Espera un minuto...

–Ha sido todo un juego, ¿verdad? –le espetó ella con frialdad.

–¿De qué estás hablando?

–De esto –replicó ella. Se metió la mano en un bolsillo de la falda y se sacó un papel muy arrugado que le arrojó a la cara.

Jesse lo atrapó en el aire y lo examinó rápidamente. Entonces, sintió que el alma se le caía a los pies.

–¿Qué diablos...?

–¿Acaso no reconoces lo que tú mismo has ordenado? –se mofó ella–. En ese caso, permíteme que te lo explique. Se trata de una orden de desahucio en la que se me conceden tres semanas para abandonar mi local. El local del que tú eres dueño.

–Bella, tienes que saber que todo esto ha sido un error.

–No. No lo sé. Está todo ahí, escrito. Está todo muy claro.

–Yo no te estoy desahuciando.

–¿De verdad? Pues parece que ese papel lo hace oficial. Mi contrato de alquiler termina dentro de tres semanas y tú me quieres fuera. Está todo muy claro –repitió.

–Yo no he ordenado esto...

Jesse se interrumpió. Echó la cabeza hacia atrás y cerró los ojos. En silencio, maldijo a su asesor de asuntos económicos. Cuando compró el edificio en el que se encontraba el local de Bella a la familia del antiguo propietario, le dijo a su asesor que la dejara en paz hasta que terminara su contrato. Efectivamente, su contrato terminaba dentro de unas pocas semanas y, aparentemente, su asesor había hecho lo que él le había pedido. Jesse no había pensado en aquel maldito contrato desde hacía semanas. Debería haber prestado más atención.

–Está bien. Deja que te explique...

–No hay nada que me puedas decir que me explique esto.

–Te repito que esto es un error. Sí. Admito que la orden de desahucio fue redactada hace unos meses, pero le dije a mi asesor de asuntos económicos que no hiciera nada hasta que tu contrato estuviera a punto de...

–Enhorabuena. Ese hombre sigue tus órdenes a pies juntillas.

–Yo jamás tuve en mente desahuciarte, Bella. Quería tener la oportunidad de convencerte para que te unieras a mi empresa. Sólo... sólo se me olvidó informar a mi asesor.

–¿Que se te olvidó? –rugió ella, con una expresión horrorizada en el rostro–. ¿Se te olvidó decir a alguien que no debía desahuciarme?

–Sí, lo admito. Es así. Sin embargo, debo decir en mi defensa que en estas últimas semanas he estado muy ocupado, principalmente contigo.

–Entonces, es culpa mía, ¿no?

–Está bien, Bella. Tranquilízate. Podemos hablar de esto.

Una vez más, Jesse trató de acercarse a ella, pero Bella se lo impidió.

–Si me tocas, te juro que me defenderé. Y no lo haré pacíficamente.

A juzgar por la mirada que ella tenía en los ojos, Jesse la creyó. Un hombre sabio debía conocer cuándo dar un paso atrás. Jesse se quedó inmóvil y la miró a los ojos.

–Te he dicho esto ya en un millón de ocasiones, pero te repito que es un error, Bella. No te puedes creer que yo quisiera echarte de tu propia tienda.

–¿Por qué no puedo?

–Maldita sea, Bella... yo te aprecio.

–No te atragantes con las palabras.

Las cosas no iban bien. Se lo tendría que haber imaginado, pero había tenido tantos asuntos en el aire últimamente que no le había resultado fácil ocuparse de todo. Por supuesto, Bella no aceptaría esto como explicación y él no la culpaba por ello. Levantó una mano y se agarró el cabello con las dos manos, tirándose de él de pura frustración.

–Esto no tiene sentido. Piénsalo. Demonios, pero si acabas de acceder unirte a mi empresa. ¿Por qué iba a querer yo hacerte esto ahora?

–Eso tengo que admitir que fue un error. Ahí has metido la pata –comentó ella, riendo sin alegría alguna–. Deberías haber conseguido que yo te firmara los papeles antes de enviar a tu lacayo con la orden de desahucio. Has metido la pata, señor depredador empresarial.

–¿Ahora volvemos con ésas? Creía que ya lo habíamos dejado atrás. Que nos comprendíamos.

–Yo también creía muchas cosas. Pensaba que tú eras más de lo que parecías. Que tenías un corazón en alguna parte, pero parece que los dos cometemos errores.

–Bella...

Ella seguía muy enfadada con él y eso le preocupaba, sobre todo porque en sus ojos seguía reflegándose una expresión gélida que auguraba que ella no iba a escuchar nada de lo que él le dijera. Sin embargo, iba a intentarlo de todos modos.

Demonios... la apreciaba. Mucho. Tal vez algo más que eso. Tal vez incluso era amor. Tal vez se había enamorado de Bella y no se había dado cuenta hasta que era ya demasiado tarde.

Dios. Era un verdadero idiota. ¿De verdad iba a perderla justamente cuando se había dado cuenta de lo mucho que la necesitaba? Ni hablar. No iba a permitir que ella se marchara. Tenía que decírselo. Pronunciar las palabras que jamás le había dicho a nadie. Entonces, ella lo creería. Tendría que hacerlo.

–Bella, yo te amo.

Ella parpadeó y ahogó una carcajada.

–¿Tan desesperado estás que tienes que sacar la artillería pesada?

No era la respuesta que él había esperado.

–Maldita sea. Lo digo en serio. Eres la única mujer a la que le he dicho algo así.

–Y, sólo por eso, yo debo creerte, ¿verdad?

–¡Sí!

–Pues no te creo. ¿Por qué iba a creerte? Yo accedí a unirme a King Beach y tú desapareciste inmediatamente. Hace días que no te veo porque ya has conseguido lo que querías.

–No es eso. He estado pensando. Sobre nosotros. Sobre... nuestro futuro.

Bella lanzó un bufido y esa risotada triste que lo desgarraba por dentro.

–Nosotros no tenemos ningún futuro, Jesse. Jamás lo tuvimos. Lo único que hemos tenido siempre ha sido una noche en la playa hace tres años. Todo lo demás, no ha sido real. Estas últimas semanas, las que hemos compartido, han sido sólo una farsa.

–No es cierto.

–El romance, la seducción, el acto sexual, las risas... Todo. Tú jamás me has deseado. Sólo deseabas mi negocio. Todo ha sido un juego.

Jesse sintió vergüenza y odió la sensación que experimentó. Había temido aquel momento y había esperado poder evitarlo a toda costa. Daría cualquier cosa por poder decirle que estaba equivocada, pero sabía que no la ganaría mintiendo.

–Sí, así fue como empezó todo. Lo admito –dijo. Observó el dolor que se reflejó en los hermosos ojos de Bella. Se sintió como el canalla que ella le había dicho que era–. Oí que Nick Acona estaba interesado en tu negocio y...

–Deliberadamente, viniste por mí para derrotar a tu amigo.

–Así fue en parte...

–Todo.

–Está bien, pero no es así como están las cosas ahora.

–Pues claro –dijo ella con sorna e ironía–. Te creo. No fue un juego. Creo que me amas. ¿Por qué no?

–Bella, maldita sea... Admito que al principio comencé a verte porque quería tu negocio, quería derrotar a Nick, pero también te deseaba a ti. ¡Llevas tres años ocupando mis pensamientos! –exclamó Jesse. Bella no dijo nada. Simplemente permaneció de pie, observándolo. Jesse se sintió como un bicho sobre la bandeja de un microscopio–. Todo ha cambiado, maldita sea. Demonios, Bella, dejé de pensar en tu negocio hace semanas. Sé me olvidó esa maldita orden de desahucio porque estaba pasando demasiado tiempo contigo y no me importaba nada más.

–No te creo –afirmó ella, sin expresión alguna en el rostro.

–Lo sé –dijo Jesse. Tomó la orden de desahucio y la rasgó por la mitad. Luego volvió a repetir la operación y arrojó los trozos de papel al suelo–. Olvídate de todo esto, Bella. Quédate en tu maldita tienda. ¡Ni siquiera te voy a cobrar alquiler! Y olvídate de nuestro acuerdo para que tu empresa pase a formar parte de la mía. No quiero tu negocio. Sólo te quiero a ti. No quiero perderte.

–Ya me has perdido –susurró ella. Nada de lo que Jesse pudiera decirle cambiaría el hecho de que había tratado de seducirla deliberadamente para quitarle su negocio. ¿Cómo podría volver a confiar en que él le decía la verdad?

Le había dicho que la amaba. Horas antes, ella habría dado cualquier cosa por escuchar esas palabras de labios de Jesse. Ya era demasiado tarde. Estaba segura de que las utilizaba para tratar desesperadamente de arreglar lo que había hecho.

Bella lo había perdido todo. De un plumazo, todo había desaparecido. Sueños. Esperanzas. Un futuro con el hombre al que amaba. Todo se había convertido en polvo que se llevaba la brisa del mar.

–Además, yo jamás fui tuya como para que me puedas perder –susurró ella.

–Eso no lo voy a aceptar.

–Pues tienes que aceptarlo, Jesse –susurró ella sacudiendo la cabeza. Su ira había desaparecido para verse reemplazaba por una profunda indignación–. Se ha terminado. Todo.

—Bella, si por lo menos me escucharas...

—No —dijo ella mientras se dirigía hacia la puerta sin apartar los ojos de él—. Voy a trasladar mi tienda. Me marcharé antes de finales de mes.

—Me importa un comino esa tienda. No tienes que mudarte.

—Claro que sí.

Agarró el pomo de la puerta y se volvió para mirarlo por encima del hombro. Deseaba guardar para siempre esa imagen que tenía de él. Anhelaba poder correr hacia él, abrazarlo y fingir un día más que lo que habían compartido era real. Que lo que ella sentía era correspondido. Que por una vez, tenía alguien que la amaba. Sin embargo, si no era real, no importaba nada.

Suspiró y le dijo:

—No te voy a ceder mi negocio. Mi negocio soy yo y nunca me tendrás. No me mereces, Jesse.

—Bella... Danos una oportunidad. Dame una oportunidad —susurró él, con voz muy suave.

—No habrá más oportunidades. Debería haberme imaginado que nuestra relación terminaría así. Tú jamás te has comprometido con nada en toda tu vida. Ahora lo sé. Y también sé que ésa es la razón por la que nunca te comprometerás conmigo.

—Te equivocas, Bella. Me he comprometido en muchas ocasiones. Si accedieras a escucharme... Por favor, no te vayas...

Estas últimas palabras sonaron como si se las hubieran sacado a la fuerza de la garganta. Era demasiado poco. Demasiado tarde.

—Si te sirve de algo, tampoco le voy a vender mi negocio a Nick Acona.

—Bella...

–Adiós, Jesse.

Bella abrió la puerta, salió del despacho y la cerró a sus espaldas con un silencioso gesto.

Dos días más tarde, Jesse seguía atónito. Nadie le había hablado nunca del modo que Bella lo había hecho.

Nadie había estado nunca más en lo cierto sobre él. Había querido argumentarlo, rechazar todo lo que ella le había dicho, pero ella le había calado a la perfección.

Había vivido su vida buscando el camino más fácil. Se había encontrado con un negocio que le iba a la perfección y sólo cuando se lo habían puesto encima de la mesa había hecho el esfuerzo de hacerlo funcionar. Resultaba muy duro que la mujer que uno ama le pusiera los puntos sobre las íes y que luego le dijera que no la merecía.

Lo peor de todo era que tenía razón.

Bella le había mostrado un buen cuadro de sí mismo y a Jesse no le había gustado lo que había visto. Quería ir a su casa aquella misma noche. Enfrentarse a ella, admitir que todo lo que le había dicho era verdad y, aunque le costara, suplicarle que lo escuchara. Sin embargo, sabía que ella seguiría demasiado enfadada con él como para escucharlo. ¿Quién podía culparla?

Decidió darle un par de días. Procurarle el tiempo suficiente para que su ira se mitigara un poco. Tiempo suficiente para que a él se le ocurriera al menos un plan con el que esperaba poder convencerla para que regresara a su lado.

Cuando salió de King Beach para recorrer la escasa distancia que separaba King Beach de la tienda de Bella, soplaba un frío viento. Las aves marinas habían acudido a tierra para refugiarse, señal inequívoca de que la tormenta que llevaba ya varios días gestándose fuera a estallar por fin. Dios. La tormenta aclararía el ambiente y tal vez, sólo tal vez, eso era precisamente lo que Bella y él necesitaban que ocurriera

Respiró profundamente al llegar a la tienda, pero comprobó que estaba cerrada. Frunció el ceño y, durante un segundo, pensó que tal vez se había ido a almorzar. Sin embargo, eran las tres de la tarde. Se rodeó los ojos con una mano y se acercó al escaparate para mirar al interior.

La tienda estaba vacía.

Todo había desaparecido. Las perchas estaban completamente vacías. La caja registradora había desaparecido del mostrador. El pánico se apoderó de él. Sin poderse creer lo que estaba viendo, se dirigió a otro escaparate y repitió el gesto con los mismos resultados.

Bella se había llevado todo. La mesa de trabajo estaba vacía y faltaban la cajas de la nueva colección. De repente, Jesse se sintió tan vacío como el edificio que tenía frente a él.

Sin embargo, no pensaba quedarse de manos cruzadas.

Regresó a King Beach, sacó su coche y se dirigió a la casa de Bella. Los hermosos macizos de flores, las macetas y la brillante puerta de color rojo le hicieron recordar todo lo que había vivido en aquella casa con ella. Recuerdos que no olvidaría jamás. Promesas de un futuro que no quería perder.

Llamó con fuerza a la puerta y esperó una respuesta que no llegó nunca. Miró por las ventanas y suspiró aliviado cuando notó que Bella aún tenía allí sus cosas.

–¡Bella! –gritó llamando de nuevo a la puerta–. Bella, abre y habla conmigo, maldita sea.

Esperó lo que le parecieron varias vidas, pero Bella jamás acudió a la puerta. Miró a la casa de al lado, en la que vivía su amigo Kevin, pero ésta también estaba a oscuras y, además, no había ningún coche aparcado junto a ella. Eso significaba que Bella no estaba tratando de esconderse con él. ¿Dónde demonios estaba? ¿Sentada en el salón, escuchando cómo él hacía el ridículo?

La desesperación se apoderó de él.

–¡Está bien! –gritó–. ¡Voy a seguir sentado aquí hasta que salgas!

Se pasó las siguientes horas esperando. Saludó a los vecinos, se pidió una pizza cuando le entró hambre y seguía allí cuando, aquella noche, la tormenta estalló por fin sobre Morgan Beach.

# *Capítulo Once*

Al día siguiente por la tarde, Jesse fue a la tienda de Kevin. Estaba decidido a que el mejor amigo de Bella le dijera dónde podía encontrarla. Si alguien lo sabía, tenía que ser él. Abrió la puerta y se quedó atónito por lo que vio.

Allí estaba Kevin con una rubia muy alta y muy guapa que se le pegaba como el envoltorio de plástico de un DVD. El beso que compartían resultaba lo suficientemente apasionado como para que se le empañaran los cristales del escaparate. Se separaron de mala gana cuando oyeron que entraba Jesse.

La rubia lo miró y se echó a reír.

–Huy...

Kevin sonrió.

–No pasa nada, Trace. Jesse, ésta es mi novia, Traci Bennett. Traci, Jesse King.

La rubia lo miró y Jesse se dio cuenta de que la reconocía. Su rostro aparecía en cientos de anuncios. Era alta, hermosa e iba vestida con discreta elegancia, pero él sólo podía pensar en una mujer mucho más baja, mal vestida y con el cabello oscuro.

–Tú eres el ex surfista que ha estado arreglando todo esto –dijo Traci–. Buen trabajo. Me encanta lo que has hecho en esta ciudad.

–Gracias.

–Me alegro mucho de conocerte –insistió la rubia–, pero siento que nos hayas interrumpido el beso. He estado fuera cuatro semanas y he echado mucho de menos a Kevin.

–No hay problema –dijo Jesse–. Yo sólo necesito hablar con Kevin unos minutos, si no te importa.

–En absoluto –respondió ella. Limpió las manchas de carmín que le había dejado a Kevin en los labios y tomó su bolso antes de dirigirse hacia la puerta–. Dejaré que habléis. Te espero luego en mi casa, cariño...

–Por supuesto –dijo Kevin, con ojos brillantes.

–Vaya –comentó Jesse cuando ella se hubo marchado–, es cierto que tienes novia.

–Sí. ¿De qué querías hablarme? –le preguntó Kevin sin preámbulo alguno–. Pon el cartel de cerrado y vente conmigo a la trastienda.

Resultaba evidente que Bella ya le había contado todo a su amigo. Kevin se había puesto ya del lado de su amiga. Jesse aceptaría todo lo que él quisiera decirle. Se lo merecía, pero no se iba a marchar de allí sin saber dónde se encontraba Bella.

Jesse hizo lo que Kevin le pidió, además de echar la llave a la puerta y luego siguió a Kevin a lo que podría considerarse un pequeño almacén. Allí, había también un pequeño fregadero, un frigorífico y una mesa con dos sillas.

–Siéntate –le dijo Kevin–. ¿Te apetece una cerveza?

–Claro.

Cuando estuvieron los dos sentados, Kevin tomó un sorbo de su cerveza y preguntó:

–¿Por qué estás buscando a Bella?

–¿Que por qué? Pues porque tengo que hablar con ella.

—A mí me parece que vosotros ya os habéis dicho todo lo que os teníais que decir.
—Veo que te lo ha contado todo.
—Sí. Estuvo llorando.
—Maldita sea...

Jesse no había creído que pudiera sentirse peor de lo que se sentía en aquellos momentos, pero se había equivocado. Odiaba el hecho de que ella hubiera estado llorando y mucho más aún el saber que era él el causante de aquellas lágrimas.

—Ha dejado la tienda.
—Tú la has desahuciado.
—Eso no es cierto. Rompí la orden. Le dije que podía quedarse...
—¿Y acaso tú crees que Bella podría quedarse después de todo lo ocurrido?
—No, claro que no. Bella tiene demasiado orgullo para eso. Y es muy testaruda. ¿Qué diablos quiere de mí?
—Me parece que nada.

Jesse tomó la botella entre las manos y sintió que la frialdad del cristal le llegaba muy dentro. Así era precisamente como se sentía sin Bella...

—Dejó la tienda. No está en su casa y, cuando la llamo al móvil, me salta inmediatamente el buzón de voz.

Kevin suspiró y le dio un trago a su cerveza.
—No quiere hablar contigo, hombre. Quiere que la dejes en paz.
—Eso no es cierto –replicó Jesse–. Sé que me ama.
—Te amaba.
—¿Y ha dejado de hacerlo de la noche a la mañana?
—¿Por qué has venido a verme si no quieres escuchar lo que te estoy diciendo?

–No he venido aquí para que me des consejo. He venido aquí para buscar a Bella.

–No está aquí.

–Sí. Eso ya lo veo. ¿Y dónde está?

–¿Y por qué crees que yo te lo diría a ti? Le has roto el corazón.

Jesse hizo un gesto de dolor. No le había resultado fácil ir a ver al amigo de Bella, pero, tanto si quería admitirlo como si no, necesitaba ayuda. Tenía que encontrarla. Hablar con ella. Convencerla de que regresara junto a él. Si alguien sabía dónde estaba Bella, ése era Kevin.

–Tengo que hablar con ella.

–¿Y qué le vas a decir?

–Todo.

–No te fue muy bien la última vez.

–No –admitió Jesse–, pero es que ella no me dio oportunidad. Fue a mi despacho, me echó la bronca y desapareció.

Kevin sonrió. Dio un trago a su cerveza y dijo:

–¿Y qué vas a hacer al respecto?

–Aparentemente, voy a sentarme en la trastienda de la tienda de su mejor amigo para que éste me torture.

–Además de eso.

–Voy a encontrarla –le dijo Jesse mirándolo fijamente–. Aunque tú no me digas dónde está, yo la encontraré. Entonces, la ataré a una silla si es eso lo que tengo que hacer para asegurarme de que me escucha y le diré que me ama y que nos vamos a casar.

–Creo que me gustaría verlo.

–Estás disfrutando mucho con esto, ¿verdad?

–No tanto como había pensado –replicó Kevin–.

Ya te dije en un ocasión que Bella es como un miembro de mi familia para mí. Le has hecho mucho daño en dos ocasiones, pero estoy dispuesto a darte otra oportunidad porque sé que ella está loca por ti.

La esperanza prendió en el pecho de Jesse.

–No obstante –prosiguió Kevin–, te advierto una cosa. Si le vuelves a hacer daño, yo encontraré el modo de hacértelo a ti.

–Comprendido.

Kevin lo estudió durante un largo instante. Luego asintió y dijo:

–Muy bien. Se ha estado alojando en mi casa, pero regresó a la suya esta misma mañana.

–Gracias.

Jesse se puso de pie y se dirigió a toda velocidad a la puerta principal.

Una hora más tarde, Bella estaba acurrucada en el salón. Sentía mucha pena de sí misma.

Cuando alguien llamó a la puerta, levantó la cabeza como movida por un resorte. Sin ni siquiera mirar por la ventana, sabía perfectamente que se trataba de Jesse. Parecía capaz de sentir su presencia.

A pesar de que no le apetecía verlo, sabía que no podía ocultarse de él eternamente. Había tenido un par de días para llorar y desahogarse. Había llegado el momento de volver a retomar las riendas de su vida. Aquélla era su casa, su ciudad. No iba a dejarlo todo porque hubiera cometido el error de enamorarse de un hombre que era incapaz de corresponderla.

Se secó las lágrimas y se miró en el espejo más cercano. Estaba muy despeinada, iba sin maquillar y parecía exactamente lo que era: una mujer que se había pasado demasiado tiempo llorando.

Jesse volvió a llamar, aquella vez con más fuerza. Bella se armó de valor y abrió la puerta. Al verlo, el corazón le dio un vuelco. Era tan guapo y lo había echado tanto de menos...

–Bella –susurró él, con una sonrisa de alivio–. Gracias a Dios. Llevo días buscándote.

–¿Qué es lo que quieres, Jesse? –le preguntó ella, colocándose junto a la puerta de tal modo que pudiera impedirle el acceso con facilidad si hacía ademán de entrar.

–Quiero hablarte de muchas cosas, pero vamos a empezar con esto –le dijo entregándole un montón de papeles.

Bella suspiró, los tomó y los examinó. Se trataba de una escritura.

–¿Qué es esto?

–Es la escritura del edificio, Bella. Quiero que la tengas tú. Haz lo quieras con él. Amplía tu negocio o ciérralo. Es tuyo. Sin ataduras.

–¿Es que no lo entiendes, Jesse? Yo no quiero esto. No quiero nada tuyo –replicó. Arrojó la escritura por encima de la cabeza de él. Tras aletear unos segundos en el viento, fue a caer sobre el césped–. Ahora, por favor, te ruego que te marches.

Cerró la puerta y trató de no recordar la sorpresa que se le había reflejado en la mirada. Entonces, se apoyó sobre la puerta y volvió a llorar. Había pensado que ya había llorado más que suficiente, pero, aparentemente, aún le quedaban lágrimas.

Jesse no lo comprendía. Aquello no tenía nada que

ver con su tienda, con su negocio ni con King Beach, sino con ellos. Tenía que ver con lo mucho que lo amaba y lo mucho que se había equivocado con él.

–Bella –dijo él, desde el otro lado de la puerta–, no me hagas esto...

Ella contuvo el aliento, cerró los ojos y esperó a que él se marchara. Por fin, oyó unos pasos que se alejaban. Cuando ya no oyó nada más, se sentó lentamente en el suelo, se agarró las rodillas y permaneció allí en silencio. Había hecho lo que debía. Estaba segura de ello. Tenía que ser fuerte. No podía permitir que él volviera a hacerle daño. En aquellos momentos, Jesse estaba reaccionando mal porque, según él mismo le había dicho, los King nunca pierden. Poco a poco, terminaría por darse cuenta de que debía dejarla en paz.

Sin embargo, a la mañana siguiente muy temprano, Jesse volvió a llamar a su puerta.

–¡Bella! ¡Bella! ¡Abre la puerta! ¡Deja que hable contigo, maldita sea!

Ella se levantó de la cama en medio de la penumbra. Estaba amaneciendo. Había decidido que no le abriría la puerta si regresaba, pero no había contado con que él gritaría tan alto su nombre. Si no abría la puerta, la señora Clayton llamaría a la policía en pocos minutos.

Se puso una bata y abrió la puerta. Al mirar a Jesse, le pareció que él no había dormido en toda la noche. Tenía el cabello alborotado, como si hubiera estado mesándoselo toda la noche. Tenía la camisa arrugada y la barba ya había comenzado a ensombrecerle el rostro. Tenía un café en cada mano.

–Te he traído café.

Bella suspiró y tomó uno. Jesse conocía bien su debilidad, pero eso no significaba nada. Tampoco el hecho de que ella hubiera aceptado el café.

–Jesse, tienes que dejar de hacer esto.

–No. No pararé nunca, al menos hasta que me hayas escuchado.

Bella volvió a suspirar.

–Está bien, habla.

–¿No puedo entrar?

–No.

–Está bien. No me quieres en tu casa, por lo que te diré lo que te tengo que decir aquí mismo. Bella, te amo –afirmó mirándola a los ojos.

–Jesse, no...

–Es cierto. Mira, sé que lo he fastidiado todo. Sé que estás herida y enojada. Tienes todo el derecho del mundo a estarlo, pero maldita sea, Bella, yo no me había sentido nunca antes de este modo. Tal vez por eso lo estoy estropeando todo tanto. Todo es nuevo para mí. Tú eres nueva para mí, pero eso no hace que lo que siento sea menos auténtico. Te amo, Bella. De verdad.

Bella sintió que se le hacía un nudo en la garganta. No quería llorar delante de él, pero los ojos se le estaban llenando de lágrimas. Si no cerraba la puerta rápidamente, eso era exactamente lo que iba a ocurrir. La humillación sería completa.

–¿Cómo puedo creerte, Jesse? Me has estado mintiendo desde el principio.

–Lo sé y lo siento. Lo siento más de lo que te imaginas. Como te he dicho, sé que he cometido errores, pero amarte no es uno de ellos, Bella. Tienes que creerme. Tienes que saber que lo que siento es de verdad. Quiero casarme contigo... Vaya –añadió, con una ligera sonrisa–. Jamás pensé que me oiría pronunciar esas palabras.

Ella se echó a temblar y se esforzó un poco más en contener las lágrimas.

–Basta, por favor...

–No. No pararé nunca. Eres mi alma, Bella. Eres la pieza que siempre me ha faltado. Diablos, ni siquiera sabía que estaba incompleto hasta que te conocí a ti –susurró. Extendió una mano y la deslizó por la puerta hasta encontrarse con la de ella–. No puedo perderte ahora. No quiero volver a estar solo. Tú eras mi mujer misteriosa, Bella. Ahora veo que el único misterio es cómo he conseguido vivir sin ti toda la vida. Dame la oportunidad de compensarte, por favor. Danos a los dos esa oportunidad.

Ella lo miró a los ojos. Quería creer aquellas palabras, pero le costaba hasta intentarlo.

–Ojalá pudiera creerte, pero no puedo.

Entonces, cerró la puerta y permitió por fin que las lágrimas le rodaran por las mejillas.

Aquella noche, ya muy tarde, Jesse musitó una maldición cuando los cielos se abrieron sobre él. Nunca en toda su vida había tenido que esforzarse tanto para conseguir algo. Todo le había resultado fácil. Todo lo había conseguido con facilidad. Hasta aquel momento.

En aquellos momentos, todo dependía de que pudiera convencer a una mujer, a la mujer más importante de su vida. Y no estaba dispuesto a perder.

¿Que ella era testaruda? Él lo era más.

Si Bella creía que se iba a rendir tan fácilmente, le aguardaba una gran sorpresa.

Se empapó por completo en cuanto salió del coche. Estaba lloviendo a cántaros. Entonces, miró a las casas que flanqueaban la de Bella y vio que estaban a oscuras. Kevin estaba seguramente con Traci y la señora Clayton estaría durmiendo. No lo vería nadie. Entonces, centró su atención en el dormitorio de Bella. Ella estaría allí, acurrucada bajo las mantas. Sola.

No por mucho tiempo.

Se apartó el cabello mojado del rostro y se dirigió directamente hacia la ventana. Estaba harto de intentarlo por la puerta principal. De pedirle que lo dejara entrar. Bella iba a tener que escucharlo. Iba a tener que creerlo. Jesse no se iba a marchar hasta que consiguiera que ella lo creyera.

Sonrió y abrió la ventana. Se alegraba de que no estuviera cerrada con llave. La última vez que estuvo en casa de Bella, se dio cuenta de que el pestillo estaba defectuoso y había decidido cambiárselo. Se alegraba de no haberlo hecho.

El marco de manera crujió un poco. Se detuvo para asegurarse de que nadie se había percatado de su presencia. Vio que se había encendido una luz en la casa de la señora Clayton. Si se asomaba y lo veía entrando en casa de Bella por la ventana, llamaría a la policía inmediatamente.

No tenía tiempo que perder.

Al entrar, se golpeó la espinilla con el marco. Ahogó un grito de dolor, pero Bella se rebulló un poco bajo las mantas. Se dio la vuelta y la suave luz de la calle le iluminó el rostro. Jesse sintió que el corazón se le detenía un instante. La amaba más de lo que nunca hubiera creído posible que se pudiera amar a alguien.

Con sigilo, se dirigió hacia la cama. Se quitó la chaqueta y la arrojó al suelo. Entonces, sacudió la cabeza y le susurró:

—Bella, Bella. Despiértate.

Ella se desperezó con un lánguido movimiento. Abrió los ojos y lo miró atónita. Entonces parpadeó rápidamente y dijo:

—¿Jesse?

—¿Acaso esperabas a alguien más?

—No, pero tampoco te esperaba a ti —le espetó. Jesse extendió una mano y la estrechó contra su cuerpo—. Pero si estás empapado...

—Está lloviendo.

—¿Cómo has entrado aquí?

—Por la ventana. Tienes que arreglar esa cerradura.

—Eso parece.

—Mira, Bella. La señora Clayton podría haberme visto entrar aquí, así que tenemos que hablar muy rápido, porque, si me ha visto, probablemente habrá llamado a la policía.

—¡Por el amor de Dios!

—¿Ves lo que estoy dispuesto a hacer por ti? Seguramente me van a arrestar, por lo que ahora me tienes que escuchar.

—Jesse, estás loco...

—Probablemente.

—¿Por qué estás haciendo todo esto? ¿Por qué no haces más que intentarlo?

—Porque mereces la pena.

—Jesse, quiero creerte. De verdad que lo deseo.

—Porque me amas. ¿Por qué no lo admites? –le preguntó él mientras le acariciaba suavemente los pómulos con los pulgares.

Bella cerró los ojos. Una única lágrima se le deslizó por debajo de un párpado. Jesse se la secó con un beso.

—No puedo. Si lo hago, volverás a romperme el corazón.

Jesse sufría mucho al verla llorar porque sabía que era él el motivo de tanto dolor. Sin embargo, sabía que podía solucionarlo. Se pondría como objetivo en la vida que Bella no volviera a llorar nunca más.

—No llores más, Bella. Me estás matando.

—No puedo parar –admitió ella. Levantó los ojos para mirarlo.

—Dios, te amo tanto... Te juro que jamás volveré a hacerte llorar.

Aquellas palabras provocaron que Bella se echara a reír.

—Jesse, no puedes prometer algo así.

—Claro que puedo, Bella. Créeme si te digo que me voy a pasar el resto de mi vida haciéndote sonreír. Asegurándome de que no vuelves a dudar jamás de lo mucho que te quiero.

Bella se mordió el labio inferior y contuvo el aliento. Entonces, Jesse se metió la mano en un bolsillo del pantalón y sacó el estuche que había tenido todo el día en el bolsillo. Había ido a la tienda de Kevin aquella misma mañana después de dejarla a ella.

Levantó la tapa de terciopelo rojo y le mostró el anillo que le había hecho pensar en ella en el momento en el que lo vio.

—Jesse...

Él le tomó la mano izquierda. Aunque Bella estaba temblando, no la retiró. Lentamente, él le colocó el anillo en el dedo sin dejar de mirarla a los ojos

–Es un diamante amarillo –le explicó él–. Cuando lo vi en la tienda de Kevin, pensé en ti. En esas camisas amarillas que te pones. En lo mucho que adoras el sol. En la brillantez que hay en el mundo cuando estoy a tu lado.

Bella levantó la otra mano y se cubrió los labios. Los ojos se le llenaron de lágrimas y comenzó a llorar muy emocionadamente.

–Vaya. He roto mi promesa. Te he vuelto a hacer llorar –susurró él. Se inclinó sobre ella para besarla en la frente con reverencia.

–No cuenta. Las lágrimas de felicidad no cuentan, Jesse.

Él sonrió aliviado. Bella lo había perdonado.

–Te amo, Bella. Quiero casarme contigo. Tener hijos contigo. Construir una vida a tu lado.

–Yo también lo deseo, Jesse. Te quiero tanto...

–Por fin –dijo él con una amplia sonrisa en el rostro–. ¿Sabes una cosa? Vas a tener que decir eso con mucha frecuencia. Creo que no me cansaré nunca de escucharlo.

–De acuerdo.

Jesse le tomó ambas manos entre las suyas y dijo:

–Estoy realizando un compromiso, Bella. Contigo. Con nosotros. Incluso he puesto dos papeleras en cada uno de los cubículos de la oficina.

Ella se echó a reír. Sus carcajadas eran un sonido delicioso que lo envolvía como si se tratara de una bendición.

–Oh, Jesse, estás verdaderamente loco.

–¿Quieres decir loco por ti? Claro que sí, cariño. Cuenta con ello.

En el exterior, unas luces rojas y amarillas iluminaron la oscuridad.

–Es la policía –dijo–. Cielo, ¿te importaría salir conmigo y explicarles a esos amables oficiales que esto es sólo el inicio de una vida en común muy interesante?

# *Epílogo*

Tres meses después, Bella salió de su despacho y entró en el de Jesse con una amplia sonrisa en el rostro. Iba agitando una hoja de papel como si se tratara de la bandera del ganador de una carrera de automóviles.

—¡Está aquí! ¡Es maravilloso! ¡Tú eres maravilloso!

Se abalanzó sobre él de tal manera que Jesse tuvo que levantarse de su butaca para tomarla entre sus brazos.

Su esposa.

No creía que fuera a cansarse nunca del sonido de aquellas dos palabras. Su esposa. Bella y él llevaban un mes casados y la diferencia que ese acontecimiento había provocado en su vida era abismal. Se sentía más vivo que nunca y todo se lo debía a Bella.

—¿De qué estás hablando? —le preguntó mientras inclinaba la cabeza para mordisquearle suavemente el cuello.

Dado que el despacho de Bella estaba junto al de él, contaban con una puerta que unía ambas estancias y que sólo ellos dos utilizaban. Así, podían estar juntos cuando quisieran sin que se enterara el resto de la empresa.

Aunque a Jesse no le importaba en absoluto.

Bella gimió suavemente al sentir cómo él le besaba el cuello. A Jesse le encantaba el modo en el que ella se vestía. Vaqueros que realzaban sus maravillosas piernas. Camisas de su verdadera talla que solían ir acompañadas de generosos escotes...

—No es justo —susurró ella—. Sabes que no puedo pensar cuando haces eso.

—Bien. No tienes por qué pensar.

Había nuevas reglas en la empresa. Nadie podía entrar en aquel despacho sin llamar y sin recibir respuesta, por lo que se sentían libres de hacer lo que quisieran. Jesse sonrió. Se le ocurrían varias cosas en las que los dos podrían entretenerse para emplear al menos una hora o dos.

—Jesse... no he venido aquí para esto. Sólo quería mostrarte... Darte las gracias...

—Oh... Bien. Me encanta que mi esposa me dé las gracias.

Ella se echó a reír y arrojó el papel sobre el escritorio de Jesse para así poder abrazarlo con más libertad. Lo besó larga y profundamente y, entonces, se apartó de él para mirarlo.

—Dices eso con mucha frecuencia, ¿verdad? Mi esposa.

Jesse sonrió.

—Quiero que te acostumbres a escucharlo. Mi esposa. Mía...

—Tal y como me gusta —susurró ella. Volvió a besarlo una vez más, dándole todo lo que él podía desear. Haciendo que todos sus sueños se hicieran realidad. Haciendo que la vida de Jesse fuera tal como debía ser.

Cuando se apartó de él, se dirigió hacia el sofá que había en el despacho con una seductora sonrisa. Él la siguió inmediatamente. Sin embargo, primero, miró el papel que ella había dejado sobre su escritorio.

Era el nuevo anuncio de King Beach para la prensa nacional.

Se alegraba de que le gustara.

En él, aparecían las fotografías de ambos y de su ropa de baño junto al eslogan: *Bella y King: al final juntos.*

Perfecto.

En el Deseo titulado
*De nuevo junto a ti*, de Maureen Child,
podrás continuar la serie
LOS REYES DEL AMOR

# Deseo

## Hijo inesperado

**LEANNE BANKS**

La paternidad no entraba en sus planes, pero cuando el millonario Rafe Medici descubrió que tenía un heredero, se empeñó en que el niño viviera bajo su techo.

Sólo la tutora legal del niño, Nicole Livingstone, se interponía entre su deseo y él. Pero nadie le llevaba la contraria a un Medici y, si tenía que recurrir a la seducción para ganarse a Nicole, Rafe estaba dispuesto a intentarlo.

Pero mientras conseguía ablandar a la bella mujer, el rico soltero tenía que asegurarse de que ella no le hiciera cambiar su regla de "todo menos amor".

*Fue el último en enterarse de que era padre*

# ¡YA EN TU PUNTO DE VENTA!

# Acepte 2 de nuestras mejores novelas de amor GRATIS

## ¡Y reciba un regalo sorpresa!

## Oferta especial de tiempo limitado

**Rellene el cupón y envíelo a**
**Harlequin Reader Service®**
3010 Walden Ave.
P.O. Box 1867
Buffalo, N.Y. 14240-1867

**¡Sí!** Por favor, envíenme 2 novelas de amor de Harlequin (1 Bianca® y 1 Deseo®) gratis, más el regalo sorpresa. Luego remítanme 4 novelas nuevas todos los meses, las cuales recibiré mucho antes de que aparezcan en librerías, y factúrenme al bajo precio de $3,24 cada una, más $0,25 por envío e impuesto de ventas, si corresponde*. Este es el precio total, y es un ahorro de casi el 20% sobre el precio de portada. !Una oferta excelente! Entiendo que el hecho de aceptar estos libros y el regalo no me obliga en forma alguna a la compra de libros adicionales. Y también que puedo devolver cualquier envío y cancelar en cualquier momento. Aún si decido no comprar ningún otro libro de Harlequin, los 2 libros gratis y el regalo sorpresa son míos para siempre.

416 LBN DU7N

| Nombre y apellido | (Por favor, letra de molde) | |
|---|---|---|
| Dirección | Apartamento No. | |
| Ciudad | Estado | Zona postal |

Esta oferta se limita a un pedido por hogar y no está disponible para los subscriptores actuales de Deseo® y Bianca®.
*Los términos y precios quedan sujetos a cambios sin aviso previo.
Impuestos de ventas aplican en N.Y.

SPN-03 ©2003 Harlequin Enterprises Limited

# Bianca

**Su precio sería la desgracia de ella**

Hacía tiempo que a Natasha Kirby le entristecía la contienda de su familia con los Mandrakis y de repente se encontraba bajo fuego cruzado. La empresa familiar había caído en manos del despiadado Alex Mandrakis y ella recibió un terrible ultimátum: o sacrificaba su virginidad o él destruiría a su familia.

Cautiva en el lujoso yate de Alex, Natasha descubrió que sus temblores de miedo se transformaban en escalofríos de deseo. En conciencia tendría que despreciarlo, pero, poco a poco, empezó a desear que la agridulce seducción continuara eternamente…

***Rendición inocente***

Sara Craven

**¡YA EN TU PUNTO DE VENTA!**

# Deseo

## Abandonados a la pasión

### YVONNE LINDSAY

Huyendo de una desilusión amorosa, Blair Carson se había echado en los brazos de un guapísimo aristócrata italiano. Desde que sus miradas se encontraron, Blair había caído bajo el hechizo de Draco Sandrelli. Se había lanzado a la aventura con total abandono, sin pensar.

Pero había llegado el momento de enfrentarse a la realidad: estaba embarazada de un hombre al que apenas conocía. Draco exigía que volviera a la Toscana para tener a su hijo, pero jamás, ni en una sola ocasión, había hablado de amor.

*Pasión en el palazzo*

## ¡YA EN TU PUNTO DE VENTA!